Les ...
de La ...

L'île de La Désolation est le surnom de Tristan da Cunha, possession britannique de l'Atlantique sud. Surnom justifié par les tempêtes naufrageuses et les champs de lave enherbés. Depuis un siècle et demi des gens d'origines diverses y formaient une colonie chrétienne dont la constitution comportait un seul article : « Nul ne s'élèvera ici au-dessus de quiconque. » Ces hommes et ces femmes auront tous témoigné d'une extraordinaire et volontaire accommodation à la vie la plus rude, dédaignant les « bienfaits de la civilisation », quand en octobre 1961 une éruption volcanique contraignit les 264 habitants de l'île à l'exil secourable en Angleterre.

Ils ont quitté le Moyen Age. Sans transition ils vont découvrir le XXe siècle, apprécier le progrès... et son contraire. La société de consommation ne tarde pas à les horrifier plus qu'elle ne les émerveille. Dès 1963, n'y tenant plus, ils regagnèrent leur village dévasté sous le cratère encore fumant.

Aujourd'hui l'île est entièrement modernisée. Les Tristans ont-ils donc capitulé devant ce qu'ils contestaient ? Non. « Sages de la modernité » comme les qualifie un journaliste anglais, ils ont su se servir de la technique sans se laisser asservir par elle.

Cette manière de conte philosophique auquel l'art d'Hervé Bazin donne couleur et mouvement a l'avantage d'être vrai.

Hervé Bazin (petit-neveu de René Bazin) est né en 1911 à Angers. Études mouvementées (six collèges et des précepteurs) avec un passage à la faculté catholique de droit d'Angers. Il la quitte et rompt avec sa famille. Licence de lettres à Paris tout en travaillant pour vivre : journaliste à l'Écho de Paris et à l'Information. Il a commencé à écrire. Des poèmes d'abord qui lui vaudront le prix Guillaume-Apollinaire. Son premier roman, Vipère au poing, lui assure un succès immédiat — « Hors Goncourt » — que l'avenir ne démentira pas. Proclamé en 1955 « le meilleur romancier des dix dernières années », lauréat en 1957 du Grand Prix littéraire de Monaco, Hervé Bazin appartient, depuis 1958, à l'académie Goncourt dont il est le président.

Les Bienheureux
de La Désolation

Hervé Bazin
DE L'ACADÉMIE GONCOURT

Les Bienheureux
de La Désolation

roman

Éditions du Seuil

TEXTE INTÉGRAL

EN COUVERTURE : Hamilton, *Campi Phlegrae*
(1776), Archives Snark

ISBN 2-02-005507-4
(ISBN 1re publication : 2-02-001139-5 brochés
2-02-003787-4 luxes ; 2-02-001741-5 reliés)

Je suis riche des biens dont je sais me passer.

L. J. VIGÉE

Les hommes de ce temps qui, à l'occasion, se demandent : « Qu'est-ce que nos arrière-grands-pères penseraient de nous ? » tiennent désormais la réponse. Une petite communauté primitive émerge du fond des âges, se trouve précipitée en plein XXᵉ siècle industriel, en regarde d'un œil étonné, pendant deux ans, les hommes et les merveilles et n'a qu'un désir : retourner au fond des âges. Pour tous ceux qui croient en la valeur absolue du progrès, c'est une terrible leçon qui nous vient de Tristan da Cunha.

JACQUES DURR
Le Nouvel Observateur, 1965

A l'heure où partout la jeunesse conteste notre société, le refus de la communauté de Tristan, retournée à son rocher dévasté (à quinze pour cent près, tout de même), est-il significatif ? L'inadaptation, la nostalgie se mêlent en cette affaire aux exigences de la liberté, au goût d'une vie proche de la nature, au rejet de nos superflus. Le plus étonnant, c'est qu'après avoir crié non à notre société les insulaires aient pu, sans se trahir, dire oui à la technique et se transformer en sages de la modernité !

RAY W. DEACOM
C.B.C., 1969

Ce roman reste parallèle au fait divers. Mais, tenu par l'événement, l'auteur l'était aussi par les dispositions légales. L'identification des personnages, avec quiconque, serait parfaitement illusoire.

pour John Hatton

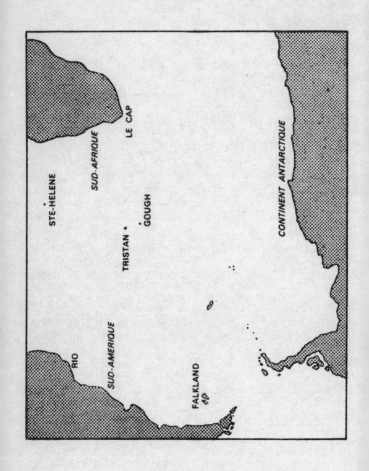

1. Tristan l'ancien

Ned Glad et ses deux fils, Ralph l'aîné, Bill le cadet, à
bout de souffle, las de crier, las de courir, s'arrêtèrent en
même temps. Ils n'y comprenaient rien. Avec deux
heures d'avance les moutons s'étaient sans raison mis à
descendre, au pas d'abord, puis au trot. L'âne, les béliers
n'avaient pas hésité à bousculer les chiens, étrangement
mous. Ils étaient déjà loin et les brebis, sans s'attarder,
sans happer au passage la moindre touffe, dégringolaient
à leur tour, nerveuses et poussant à coups de tête leurs
agneaux.

Pourtant, s'il restait froid, le temps était beau pour une
journée d'août. A l'exception de l'anneau de nuages,
toujours vissé en hiver autour du pic Mary, le ciel était
net ; l'océan, à perte de vue, s'aplatissait autour de l'île,
frisait peu, laissait glisser deux chaloupes sur le chemin du
retour, l'une encore attardée au-delà de la pointe Hottentot, l'autre déjà tout près du débarcadère de la Petite
Plage. A peine les grèves, aux galets noirs si souvent
brassés par les bourrasques, se frangeaient-elles d'un
ourlet blanc, parallèle à l'ourlet brun des grandes algues.
Et des quarante maisons du village, disséminées parmi les
bouquets de flax, montaient des fumées droites : longs fils
violets, nourris de petit bois, associés au fil noir, nourri de
kérosène, de l'atelier d'emboîtage.

— Regardez, dit Ralph, qui récupérait, appuyé sur son
bâton, ça fiche le camp de partout !

Ned jeta un coup d'œil à son fils, mais ne répondit pas :

c'est ce qui l'étonnait le plus. De tous côtés, en effet, dévalaient les troupeaux, sourds à l'appel des bergers. Une cinquantaine de bêtes, contenues par le vieux Stephen Grower qui leur barrait le passage, tourbillonnaient sur un replat, affolées. Partout ailleurs elles fonçaient, empruntant les ravines, agglomérées en groupes si drus, si compacts que, têtes sur croupes, la moitié des animaux portait l'autre.

— Mais qu'est-ce qu'elles ont ? grommela Bill, relevant le nez pour observer la montagne.

La *Reine Mary* était comme il l'avait toujours vue, à la même époque : feutrée de neige en haut, là où les rampes s'enfonçaient dans les brumes ; émaillée, à mi-pente, de plaques de mousse, de touffes verdâtres alternant avec des enrochements gris ; dévorée enfin par les fougères et le tussock, plus bas, aux abords du plateau, ce socle circulaire qui, par des falaises de huit cents mètres incisées de torrents, l'asseyait sur la bande côtière. Elle n'avait jamais paru plus solide, plus massivement calme, de mer en nue, du premier brisant de la côte au dernier rocher du cratère, dont si peu d'insulaires pouvaient se vanter d'avoir, aux meilleurs jours de janvier ou de mars, pu contempler le lac bleu-noir, qui ne gèle jamais, dans son baquet de basalte.

— Père, fit Ralph, tu sens ? Ça te vibre aussi dans les jambes ?

— Oui, dit Ned, il y a de l'avalanche dans l'air.

Dans le grand piétinement d'abandon, accompagné du tintamarre de la caillasse arrachée par deux mille sabots au long des sentes, une rumeur profonde devenait sensible. A leur tour, dans un concert de claquements d'ailes et de cris, tous les oiseaux — les albatros, les skuas, les sternes comme les pinsons et les grives — d'un grand vol divergent s'écartaient de la montagne, les uns pour aller tournoyer en altitude, les autres pour entreprendre un strident ballet blanc à fleur d'écueil. Et soudain ce fut la surprise :

— Couchez-vous ! cria Ned, qui d'une bourrade plaqua ses fils au sol.

Mais lui-même resta debout, fasciné, incrédule. Un coup de tonnerre ébranlait la colline, se prolongeait par une sorte de martelage, de concassage, passait au grondement, pour s'éteindre en moins d'une minute dans un cahotement de charrette qui s'éloigne.

— C'est bien ça ! murmura Ned.

Les éboulis s'étaient mis en marche ; des blocs s'emballaient çà et là. Fidèle à son idée, abusé par quarante ans de rapports avec une mer revêche et un sol pacifique, Ned ne pouvait que prendre l'effet pour la cause. Des éboulements, après les ouragans et les pluies d'un hiver dont la vieille Dorothy, sa grand-mère, assurait qu'elle n'en avait guère connu d'aussi dur, n'était-ce pas normal ? Ces glissements n'allaient jamais loin. Un quartier de ponce percutant une arête dans une gloire d'éclats ne lui fit même pas baisser la tête. Comme d'habitude, les coulées ralentissaient déjà, s'étouffaient dans la poussière. Une seule, plus rapide, réussit à franchir le gagnage, mais laissa les trois quarts de sa pierre dans une noue avant de basculer par-dessus la falaise et de bombarder le vide, pour se disperser en bas sur l'éventail de débris depuis toujours alimenté par ces incidents. Puis le silence se fit. Une gêne persistait dans l'air ; une incertitude dans l'exil des oiseaux. Ned haussa les épaules :

— Allez, venez, c'est fini ! dit-il.

Mais un second coup de tonnerre fracassa les échos, sassa le paysage. Ned sentit ses jambes se dérober sous lui et, toujours sans comprendre, se retrouva par terre.

*

En face — et pour les insulaires bloqués sous la falaise, en face, c'est toujours l'océan — Abel Beretti et son fils Paul, Baptist Twain et son fils Matthew, Elias Grower et son frère Bob, commandés par leur oncle et grand-oncle

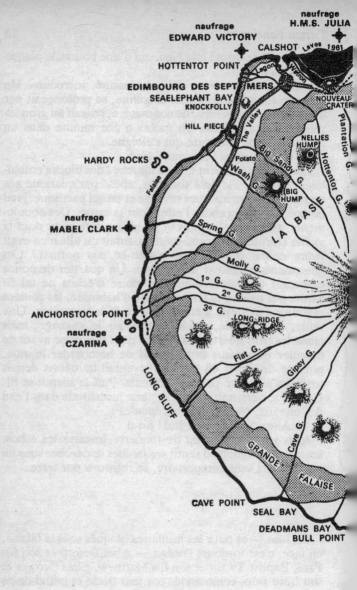

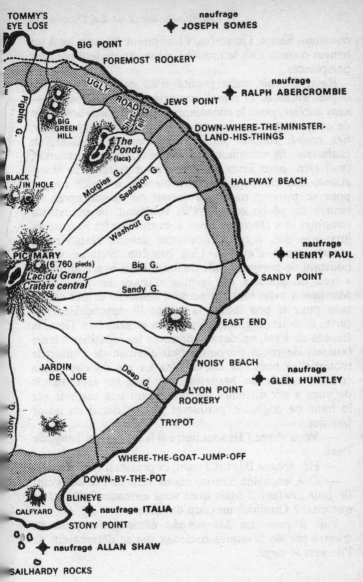

Tristan da Cunha ou l'île de La Désolation

commun, Simon Lazaretto, l'instituteur (et matelot à ses heures comme tout le monde), ne se montraient pas plus perspicaces.

Ravis d'avoir enfin profité d'un calme, le premier depuis un mois, et rempli leurs paniers de langoustes — sans oublier, pour la consommation locale, une bourriche de ces poissons aux surnoms bizarres, *cinq-doigts, solder, nez coupé, conchar* — ils rentraient en braillant, en chahutant. Ils emballaient de temps en temps la cadence, pour rien, pour lisser de l'eau ; pour glorifier la *Mary-Anna,* leur chaloupe de toile blanche à bande rouge ; pour se prouver qu'il leur restait du muscle après six heures de pêche et que, s'ils voulaient, ils pourraient remonter la « chaloupe-sœur », barrée par les Ragan, ces gros-bras qui, à trois encablures devant, résistaient à grands coups d'aviron. Une branche flottante venait pourtant de percer la toile de fond. Mais ce n'était qu'un « trou de pouce » et, comme d'usage en pareil cas, Matthew y avait tout bonnement enfourné le gros orteil, sans pour si peu lâcher la rame. Ils approchaient. A terre, d'où les lorgnaient les gosses et peut-être Thea, la fiancée de Paul, on devait sûrement les identifier à leurs bonnets de tricot (voyants chefs-d'œuvre de l'industrie maternelle) tirés sur les oreilles au ras du ciré jaune (nouvel article du Magasin). Et tous les sept, nantis de vues à dix dixièmes, se retournant une seconde sur le banc de nage, ne perdaient pas un détail du décor familier :

— Vous voyez ? Ils sont huit sur la maison de Tony, dit Paul.

— Hé, grogna Baptist Twain, ça presse, il va se marier.

— Oui, enchaîna Simon, mieux vaut finir le toit avant de finir l'enfant... Mais quoi vous entendez ? Qu'est-ce que c'est ? On dirait un coup de mine.

Puis il jura. La *Mary-Anna* embarquait, prise de travers par de brusques rouleaux qui se détachaient de l'île vers le large.

L'administrateur, lui, ne s'y était pas trompé. Nommé depuis quelques mois pour relever un prédécesseur harassé de solitude, il n'avait pas dans l'œil la carte sous-marine, parsemée de fosses comme de pitons. Mais il n'ignorait pas qu'une île, plantée au bout de la dorsale atlantique et de surcroît fille d'un volcan éteint, ne peut être considérée comme un des lieux les plus stables du monde, même si les sismographes n'en ont jamais rien dit, même si les manchots y semblent installés depuis toujours dans la quiétude de leurs rookeries. Il était en train d'écrire une lettre sur ce papier officiel aux armes de la Couronne où le lion fait face à la licorne et rugit en français : « *Dieu et mon droit* »... Il était même en train de se dire que pour une baraque à confort liminaire l'en-tête local, *The Residency, Tristan da Cunha,* évocateur des victoriennes demeures élégamment dispersées dans le Commonwealth, ne manquait pas d'humour ; ni la date, 6 août 1961, de fantaisie ! Car elle ne coïnciderait sûrement pas avec le tampon de la poste, à la merci du prochain bateau et, même s'il y avait bateau, de la tempête qui empêcherait la chaloupe d'accoster, d'enlever le courrier, fleuri de ces timbres gravés pour deux cent soixante-quatre sujets de Sa Majesté — et pour un bien plus grand nombre de philatélistes, ignorant qu'hier encore de rares épistoliers à la plume hésitante les payaient trois patates...

— Hello, Don ! fit une voix légère.

Mais, dans l'instant, Don sut qu'il n'y avait plus ni thé ni théière à l'attendre de l'autre côté de la cloison. La maison se secouait comme un chien mouillé. Son bureau glissa d'un bon pied sur un parquet fou, aux lattes trémulantes, au-dessous duquel semblait s'évertuer une pièce de marine. Puis ce fracas s'émietta dans les bris de verre et de porcelaine. Don, dans une brume de poussière tombant des interstices du plafond, redressa rapidement le portrait de la Reine, qui s'était mis de travers, et poussa la porte du vivoir, pour voir Kate franchir celle du vestibule, sa fille au cou, ses gamins en remorque. En un tournemain, il s'empara d'un plaid et, rejoignant sa femme assise sur l'herbe au milieu de sa couvée, le lui jeta sur les épaules. Puis, soucieux d'apaiser l'angoisse de huit yeux tendres, il épousseta son veston en disant à mi-voix :

— Maintenant, chérie, nous pourrons dire que nous avons assisté à un tremblement de terre. Un petit, bien sûr. Mais vous avez eu raison de sortir : il pourrait insister...

Son regard faisait le tour du village qui ne paraissait pas avoir trop souffert. Pour l'extérieur au moins. L'école, l'église, la salle du prince Philip, la maison du pasteur, celles du médecin, du radio, du *headman* Walter étaient intactes, comme paraissaient l'être toutes les autres, bâties à même la lande et si semblables en leur pauvreté grise, coiffée de roux, chaussée de vert. Des cheminées — massives, il est vrai, faites de blocs de lave équarris au ciseau par l'incroyable patience des anciens — une seule était écrêtée : celle de Stephen Grower, dont la chaumière passait pour remonter à l'époque du Fondateur. Quelques murets de clôture, en pierre sèche, s'étaient éboulés.

— Beaucoup de bruit pour rien ! Il faut tout de même que j'aille voir, reprit Don, obligé d'abandonner les siens pour s'occuper de ses administrés.

Il fit trois pas, se retourna pour préciser :

— Ne vous rapprochez pas des murs.

— Va donc ! dit Kate. Ne laisse pas les gens s'inquiéter.

A la vérité, ils sortaient de partout, mais gardaient leur calme, s'interpellaient de clos en clos avec curiosité. En somme, il arrivait quelque chose ! Don le savait déjà : ce que lui-même (et avant lui, jadis, ces révérends venus de loin en loin bénir de vieux couples et de la même main baptiser leurs enfants) avait d'abord pris pour de l'apathie, voire de la simplesse, c'était — alliée à une timidité certaine devant l'étole ou la cravate — l'absence de nerfs des autochtones, métis de rescapés, à vingt couleurs, tous anglo-dano-américano-italo-hottentots, tous à la fois marins, bergers, paysans, montagnards, habitués aux rigueurs, aux privations, aux accidents, trouvant tout naturel de chasser pour le bifteck le taureau sauvage du versant sud ou d'expédier leurs fils chercher des œufs d'oiseau pour l'omelette familiale sur les îlots voisins, par des vagues de trois mètres. Pour l'instant ce qui leur importait le plus, visiblement, c'était d'enrayer le tourbillonnement du bétail et de rameuter les enfants, égaillés sur les plages ou sur les bords du Watron. La seconde secousse, qui arrêta Don marchant d'un pas égal vers la maison du headman, ne leur fit pas plus d'effet. De la cour la plus proche, Samuel Twain, qui continuait, paisible, à coudre un mocassin, lâcha l'alène, une seconde, pour crier, les mains en porte-voix :

— Le diable se gratte, il paraît !

Eve, sa femme, qui pataugeait dans une flaque blanche, se signa avant de récupérer ses bidons renversés. Une de ses filles, Dora — à moins que ce ne fût Mildred — apercevant l'Administrateur, rajusta sa fanchon à fleurs, remonta ses bas de laine blanche sous la jupe longue. Sa jumelle eut un sourire moins rassuré, interrogateur, mais resta bouche cousue.

— Ce n'est pas grave, lança Don.

Il n'en était pas autrement convaincu : il regardait machinalement sa montre, comme si la troisième secousse — qui peut-être coucherait tout par terre — allait, elle aussi, se déclencher quatre-vingts secondes après. Il éprouva un véritable soulagement quand la minute et demie fut passée et se mit à répéter d'un meilleur cœur : « Ce n'est pas grave. » Pour tout le monde. Pour un groupe palabrant autour du docteur Dumfries, nanti de sa trousse et qui, dans le même esprit, sans s'être concerté avec quiconque, lançait de sa voix de flûte : « Ce pauvre Pat ! Je n'ai même pas eu à le piquer. L'aiguille lui est arrivée toute seule dans la fesse. » Pour Tom Loness qui,

encadré par Tony, son aîné, et Neil, son terrible benjamin, ramenait de la pierre sur un de ces petits chariots à
roues pleines, du genre basternes, tirés par deux bœufs,
aussi typiques de Tristan que de l'imagerie mérovin-
gienne. Pour la vieille Maureen Beretti, flanquée de sa
fille déjà grisonne et de son arrière-petite-fille, Pearl
Lazaretto, ravissante octavonne de dix ans, au teint
souligné par sa capuche de toile blanche, lacée sous le
menton, à la mode 1830. Pour Robert Glad, le sacristain
barbu et sa fille Thea, serrée contre lui. Pour Olive Ragan
et ses deux brunes, qui, volubiles, sans cesse de tricoter
sur le pas de porte, parlaient de contrecoup, de bombar-
dement dans les *Extérieurs,* c'est-à-dire, en langage du
cru, quelque part dans le vaste monde qui jamais, comme
Tristan, n'a su rester tranquille.

Cette fois Don osa rire. Cinq minutes s'étaient écou-
lées. Walter, l'ayant aperçu, abandonnait un cercle de
voisins pour venir à sa rencontre, tranquille, la chemise
ouverte sur un pull à carreaux, plein de cette autorité
débonnaire qu'il tenait du suffrage, sans doute, mais aussi
de sa grand-mère, épouse Beretti, par la grâce de Dieu —
qui, en 90, alors que tous les jeunes hommes avaient péri
en mer, fournit un chef à l'île et des maris aux filles en
faisant éclater l'*Italia* sur la pointe Stony.

— Comment allez-vous ? fit-il. Vous entendez comme
nous ce charivari...

Maintenant habitué à cet *How you is ?* version insulaire
de son *How do you do ?* (à qui se renvoie le traditionnel
I'm fine), Don ne laissa pas Walter se lancer dans la
palabre. Le dialecte de Tristan, farci de vieux-cockney,
de mots pirates, déclinant tous les verbes au présent,
éructant tous les h, passant le dictionnaire à la râpe
comme l'île même l'est à celle des vents, l'embarrassait
encore :

— Faites sonner, dit-il sans préambule. Il faut réunir le
conseil.

— J'allais vous le proposer, dit Walter.

— Entre-temps, reprit l'Administrateur, je vais prévenir Le Cap, par radio, et demander l'avis des spécialistes. Là où nous sommes placés, un séisme, même discret, réclame l'attention.

Walter ne répondit pas tout de suite. Le briquet en action sous la casquette, songeur, il ralluma sa pipe à bague de cuivre. Le mot *séisme* l'incommodait sûrement. L'île n'était-elle pas l'île, don du Seigneur, havre de grâce, depuis cent cinquante ans fidèle à ses fidèles, accrochés à ses flancs malgré les conseils de l'Administration et du clergé de passage, longtemps partisans de l'évacuation et du transfert au Cap ? Séisme... Oui, peut-être. Et après ? Incapable, dans le souci même, de perdre son air bonasse, Walter lâcha un rond de fumée et releva la tête :

— Ce n'est pas tout à fait la première fois, murmura-t-il. J'entends encore grand-mère : « La mer saute, gamin ! Elle est faite pour ça. La terre aussi, ça lui arrive. Depuis que je sais marcher, voilà deux fois qu'elle bouge, du côté de Pigbite. »

— Raison de plus pour nous méfier, dit Don. Je file à la station.

Walter le regarda s'éloigner, en souriant. Puis il passa chez lui, le temps de prendre un marteau, et s'en fut convoquer le Conseil en frappant à grands coups, selon le rythme convenu, cet obus de gros calibre, évidé, suspendu par la pointe à un bâti ancré à même le rocher et qui, mi-gong, mi-cloche, servait depuis des années à sonner pour la communauté le glas, le carillon, l'appel aux responsables, l'arrivée d'un bateau, le départ pour la pêche, l'office ou le tocsin.

Hugh courait depuis West Park où malgré l'été s'enfonçait dans la brume le monument aux morts de Southampton, blasonnant mélancoliquement les trois roses du
Hampshire. Il monta l'escalier quatre à quatre et déboucha enfin dans la salle de rédaction peuplée de dos ronds.
Son coup d'œil à l'horloge ne lui apporta aucun réconfort.

— Oui, elle n'avance pas! dit Hacklett, plus gras, plus
suant que jamais.

— Si tu savais ce qui m'arrive! balbutia Hugh.

Comment expliquer qu'obnubilé par la colère il avait
pris un autobus vert pour un autobus rouge et que, se
voyant partir vers le comté, il était descendu en marche,
pour télescoper de plein fouet un costaud dont les
manchettes blanches, la casquette à bande jaune et les
épaulettes ne pouvaient appartenir qu'à un agent du
Trafic Warden, imbu de son honneur et disposant d'un
carnet à souche?

— Bon! dit le patron, impressionné par le désarroi de
Hugh. Qu'a-t-il encore inventé, ton lardon?

— Inventé, ça je te jure, Philip, qu'il n'a rien inventé!
Je l'ai seulement trouvé à plat ventre, avec la petite
voisine dessous. Dans la cabane aux outils. Et tu sais ce
qu'il m'a dit? « *Pas de morale, je t'en prie! C'est un besoin
naturel...* » Et tu sais ce qu'elle m'a dit, elle? « *Enfin,
monsieur Folkes...* » Elle me regardait comme si j'étais
l'affreux, venu la voir finir ce qu'elle avait commencé...

— Un ban, messieurs, pour la jeunesse anglaise!

s'écria le patron, encourageant de l'œil sa demi-douzaine de scribes.

Pauvre long maigre Hugh aux yeux bleu Copenhague, à l'âme de même teinte ! Quatorze paumes, lâchant du crayon-bille, claquèrent autour de lui. Il fit semblant d'apprécier, puis se détourna pour accrocher son parapluie. Un petit journaliste de province ne peut pas se permettre de se vexer. Déjà Hacklett remettait le nez dans les dépêches.

— Tristan, Tristan... bougonna-t-il, tu veux t'occuper de ça ?

— ... Et Iseult, non, j'en sors ! S'ils ont encore des ennuis avec leur philtre, qu'ils se débrouillent avec le roi de Cornouailles !

— Ça va, soyons sérieux, reprit le gros Philip. Je te parle de Tristan da Cunha : une île à nous, qui tremble. A deux mille milles de tout secours. Desservie par Southampton, au surplus. Et chère à la *Propagation*, donc aux âmes pieuses. C'est un peu calme aujourd'hui. Titre à la une, renvoi à la quatre, cent lignes.

— Avec quoi ? demanda Hugh, pas chaud.

Le patron ferma un œil pour mieux sonder son étonnante mémoire du papier-maison.

— Il y a un dossier. Je peux même te dire que dans une coupure, miam, miam, il est question de langoustes.

*

Il y avait un dossier, en effet. Assez riche même ; bien nourri par les ciseaux de Gloria Trumbey, la documentaliste. Mais à la fraîcheur de la chemise de cartoline rose, on le devinait peu consulté. Une trentaine d'articles ou d'entrefilets du *Southern Post*, du *Times*, de l'*Observer*, du *Geographical Magazine*, une notice (distribuée lors de l'émission d'un timbre commémoratif) attestaient l'intérêt des spécialistes, peu relayés par l'actualité. Une fiche bibliographique renvoyait à *Terre des tempêtes* par Glow, à *l'Île de La Désolation* par Brandt et quelques autres ouvrages aux titres aussi encourageants, dont trois signés par d'anciens chapelains. Hugh prit une coupure, au hasard, et tout de suite se trouva dans le coup :

Au beau milieu de la zone des Roaring forties, *les « braves vents » d'ouest exténuant une mer grise où se rencontrent l'orque et le requin, Tristan semble bien détenir le record des naufrages :* H.M.S. Julia, *1817,* Emily, *1835,* Joseph Somes, *1856,* Ralph Abercrombie, *1868,* Czarina, *1872,* Mabel Clark, *1879,* Edward Victory, *1880,* Henry Paul, *1882,* Italia, *1890,* Allan Schaw, *1893,* Glen Huntley, *1898 et très probablement* Kobenhawn, *1928... sans compter le bateau même de l'île, où périrent une grande partie des hommes de la colonie en 1885. Qui dit mieux ? Et il ne s'agit là que des sinistres les plus connus. Fait significatif : sur les sept noms de famille, cinq sont ceux de naufragés ; le sixième celui d'un marin de passage ; un seul est d'origine. Ajoutons que les chaumières longtemps durent tout et aujourd'hui encore doivent beaucoup aux épaves...*

Une seconde coupure n'arrange rien :

Tristan, appelée aussi parfois « Ile de La Désolation », n'est qu'un Stromboli *défunt, campé sur des champs de lave enherbés où l'abondance de craterlets montre que l'activité volcanique hésita longtemps à s'éteindre.*

— Charmant tableau ! grogna Hugh à l'adresse de Joe Smith, l'archiviste. Quel est le farfelu capable d'avoir choisi ce paradis ?

— Un Écossais ! fit l'autre, tandis que Hugh consultait la notice :

William Glad, caporal d'artillerie, précisait ce document, mis en place par l'Amirauté en 1816, sous prétexte d'en finir avec l'occupation du « roi » Jonathan Lambert (assassiné, on le suppose, par Tomaso Curri, dernier sujet de Sa Majesté corsaire lors de l'annexion par Sa Majesté britannique, mais dont flottait encore sur une cabane de bois le drapeau blanc à carreaux bleus et rouges). Posté là, en réalité, avec une garnison hottentote de quatre-vingt-sept hommes et deux canons pour empêcher l'île de servir de

base à une éventuelle tentative de délivrance de Napoléon,
interné à Sainte-Hélène. Autorisé à s'y maintenir après la
mort du Corse avec sa femme et quatre ou cinq hommes.
Fonda avec eux, sur 37 milles carrés, dont huit exploitables,
une colonie chrétienne égalitaire dont la constitution tient
en une phrase : « Nul ne s'élèvera ici au-dessus de
quiconque. » *Pour la forme, fut nommé gouverneur. Bâtit*
les premières maisons du village le plus isolé du monde,
qu'on appelle toujours l'Établissement, *mais qui depuis la*
visite du duc Alfred, commandant de la frégate H.M.S.
Galatea, *porte le nom officiel d'*Edinburgh-of-Seven-Seas.
S'improvisa clergyman pour marier ses compagnons à des
femmes de couleur, importées de Sainte-Hélène et scrupu-
leusement tirées au sort. Survécut trente-trois ans, pour
mourir d'un cancer, en laissant huit fils, huit filles et une
bible, actuellement déposée au British Museum et dont les
marges sont griffonnées de notes ; seuls documents qui nous
permettent de retracer cette édifiante histoire...

*

Ce qu'on ignore de choses ! Hugh commence à s'exciter. Avec ses milliers d'îles baignées par tous les flots,
l'Empire n'est pas chiche de ces sortes d'odyssées.
Tristan, en somme, c'est un Pitcairn honorable ; un peu
bougnoulisé, sans doute ; mais tout de même un haut lieu
de la démocratie, anglaise et anglicane, au milieu des
pingouins — qui d'ailleurs dans le Sud prennent le nom de
manchots.

La suite devient plus rude, plus effacée, moins propre à
la légende, mais reste stimulante en prolongeant le défi.
Là-dessus, dans le dossier, presque rien : un trou de cent
ans, avec, pour chroniqueurs, des révérends sporadiques,
bourrés de bonnes intentions, charitables importateurs de
vêtements, de souliers d'occasion, de vivres, de canti-
ques, de soins, d'état civil, mais aussi de grands bâille-
ments personnels, de préjugés tenaces contre le maintien
sur ce roc impossible. Hugh est allé chercher sur les

rayons le récit publié à son retour par le « révérend B »,
saint homme dont le dévouement ne semble pas avoir
exalté la compréhension :

*Le niveau de santé est exceptionnel. Tous les gens, sur
l'île, arrivent à l'âge mûr en pleine possession de leurs
moyens et ce jusqu'à la fin. Il y a de beaux spécimens de
force physique. Mais nous souhaiterions qu'il en fût de
même de leur état mental. Les conditions de vie féroces,
l'isolement, l'éloignement de toute civilisation tendent forcément à les dégénérer...*

Pour lui faire contrepoids Hugh trouve heureusement
un article du *Geographical,* où témoigne un des rares
journalistes qui ait pu, durant quelques semaines, visiter
Tristan :

Les insulaires, dit-il, *peuvent nous paraître incultes et
misérables. En fait ils sont riches de qualités, de connais-
sances, de joies, que nous avons perdues. La faim,
l'inconfort, l'isolement, la lutte contre une nature hostile
leur semblent aussi naturels que les saisons. L'expérience
n'est peut-être pas enviable ; et encore c'est à voir. Une vie
où les mous, les couards, les égoïstes et les inutiles sont
inconnus, mérite au moins l'estime. Le bonheur dans le
dénuement, c'est une réussite ; c'est aussi une leçon vite
tournée en scandale par ceux qu'humilie secrètement l'esclavage de leurs besoins.*

Mais il faut revenir au révérend, seul historiographe
d'une époque. Il raconte une longue suite de fureurs
océanes, de sauvetages, de disettes (telles qu'on y vit
s'éteindre faute d'huile la lampe de l'église et se distribuer
— une par bouche — le dernier sac de patates). Il
souligne ce fait unique dans l'histoire des îles sans lois :
l'entente d'une communauté qui ne se divisa jamais. Il
reconnaît que les chaloupes de ses ouailles, faites de
quatre peaux d'éléphants de mer, puis plus tard de toile
tendue sur bois, sœurs des coracles irlandaises, des
baleinières de Nantucket sont de palpitants chefs-d'œuvre, servis par des marins extraordinaires, d'une maîtrise,

d'un courage insolents. Mais il reste partisan de l'évacuation :

On se demande pourquoi ces gens sont satisfaits de vivre en un lieu si désolé. Voici quelques années, des offres généreuses leur furent faites par le gouvernement...

Des offres répétées, refusées avec la même insistance. Notons tout de même : *Le premier missionnaire, W. F. Taylor, arrivé en 1851, resta trois ans et réussit à emmener avec lui quelques personnes au Cap...* Il est vrai que la plupart revinrent. *Le second missionnaire, six lustres plus tard, s'appelait Dogson...* C'est le frère de Lewis Carroll. Il introduit le chou, l'oignon, la courge, échoue pour les autres légumes et les céréales que le sol trop maigre, trop mince, n'arrive pas à nourrir. Il reste quatre ans, s'en va, puis apprenant le désastre de 1885, retourne sur l'île prêcher aux veuves l'évacuation et parvient à débaucher dix autres robinsons pour les ramener au Pays des Merveilles.

Black-out, ensuite, durant un quart de siècle. « *Le troisième missionnaire fut le révérend Barrow, accompagné de sa femme...* » Un type, celui-là ! C'est le fils d'une passagère du *Blenden Hall,* qui percuta l'île Inaccessible, proche de Tristan. La demoiselle a failli être violée, avec les autres dames, par l'équipage révolté. Mais les rameurs de Tristan, souquant ferme dans une mer déchaînée, sont arrivés juste à temps pour protéger la vertu. Bien des années plus tard, J. K. Barrow, ainsi né de mère intacte et plein de gratitude, apprend qu'il n'y a plus de pasteur à Tristan, prend la soutane, obtient d'y être nommé, s'y fait mettre à terre en pleine tempête malgré l'avis du Capitaine et la grève où il a accosté devient un lieu-dit, au nom un peu longuet : *Down-where-the-minister-land-his-things* (au présent perpétuel du dialecte : *là-où-le-pasteur-débarque-ses-paquets*).

Il n'y restera tout de même que quarante-six mois. *Douze ans plus tard survient le révérend Rogers,* qui souscrit le même bail. Quinze ans passent encore, puis après la première guerre mondiale, dont les insulaires

n'apprirent la fin qu'en 1920, les révérends de la *Propagation de la Foi* deviennent réguliers. On voit même arriver
une mission scientifique qui traduit l'intérêt naissant des
sociologues pour le « cas » de Tristan. Hugh apprécie la
conclusion de leur rapport :

*Conditionnés par leurs origines, certains ont méjugé les
insulaires : ces « innocents » nous le rendent bien. Fils
d'exilés, de naufragés qui ont choisi de ne pas rentrer —
parce qu'ils avaient ailleurs telle situation difficile, tels
souvenirs à oublier — ils sont élevés dans la méfiance de ce
monde où le vol, le viol, le crime, la guerre, la désunion des
familles sont choses aussi courantes qu'elles sont, dans l'île,
inconnues. Tristan, pour eux, c'est le refuge où la méchanceté des éléments permet d'échapper à la méchanceté des
hommes. Bien sûr, ils ne le croient pas tout à fait ; ils se
gardent de le dire. Mais les récits qu'ils se répètent à la
veillée, les débats, toujours animés et souvent savoureux,
dont un siècle et demi de liberté leur a donné le goût, sont à
cet égard significatifs.*

Cependant nous sommes en 1935 ! Les distances rac-
courcissent très vite. L'Angleterre compte ses îles, les
organise. C'est la fin des longs interrègnes, comme des
pouvoirs des révérends, « commissaires et magistrats de
Sa Majesté », instituteurs, secrétaires et, armés d'une
tenaille, dentistes à l'occasion. C'est la fin de l'époque où
le cri de « *Bateau en vue !* » parfois assez longtemps
attendu « *pour permettre à un enfant de dix ans de
considérer l'événement comme la venue du Messie* », jetait
tout Tristan sur la plage. Les insulaires qui durant cent
onze ans — dont seulement dix-huit de présence pastorale
— se sont gouvernés tout seuls, vont être dotés d'un
conseiller. Ça ne changera pas grand-chose, car la communauté, qui se passait de lui, le tiendra longtemps pour le
représentant d'un trône où l'on s'assoit aussi sans gouver-
ner vraiment. Ce résident n'a guère de prise sur les
réalités : la pêche, la culture, l'élevage, la construction
d'un toit ou d'une barque, l'accouchement d'une femme.
Chargé de la paperasse et des rapports avec les *Extérieurs,*

il a en somme hérité de la part temporelle des pasteurs, réduits au spirituel. Tous les deux ou trois ans les entrefilets du *Southern Post* annoncent le départ des uns ou des autres, bientôt accompagnés d'un médecin, puis d'un agronome, « manuels » de compétence précise et vivement appréciée. Il faut encore trois mois pour qu'une lettre arrive. Pas de ligne, pas de câble, pas de radio. Mais la seconde guerre mondiale éclate...

Hugh feuillette le dossier. Voici un papier du *Times* :

En 1942, Tristan était passé à l'Amirauté sous le nom de « H.M.S. Atlantique Isle ». La xxviie section navale y avait créé une station météo et une station radio, avec l'aide des habitants... Depuis le départ de la Marine, le gouvernement sud-africain a maintenu ces stations, dont les bulletins ont de l'importance pour les fermiers du Cap.

Le *Southern Post* maintenant prend le relais, mais en douze ans ne publiera guère que des articulets ou des flashes, dans la rubrique d'outremer.

En 1949 :

Du travail pour Tristan ? Des arpenteurs, un ingénieur, des spécialistes de la biologie marine, de l'halieutique et de la congélation sont arrivés sur l'île en février. Les fonds semblent pavés de langoustes. Des chalutiers sud-africains notamment le Tristania *pêchent déjà dans ces eaux. Une société d'aménagement va construire une petite conserverie... Ce projet a décidé le gouvernement à nommer un administrateur de plein exercice. Le conseil des « Hill men » (qui se tient chaque dimanche sur la colline, en face de l'église) et le conseil des femmes (dont trois membres font de droit partie du précédent) continueront à siéger, en liaison avec lui.*

En 1952 :

« Pour la première fois, une descendante du caporal Glad, Valérie, débarque en Angleterre. Elle vient faire ses études d'institutrice pour retourner, en cette qualité, chez elle. » L'information provient du *Tristan Times, le petit journal polycopié de l'île, tiré à 60 exemplaires, qui se paie trois cigarettes.*

En 1954 :

Depuis que nous mangeons des crustacés de Tristan, le niveau de vie des insulaires, encore bas, s'est amélioré. L'émission du premier timbre de l'île — pour le couronnement — a réjoui la fierté locale. Mais l'introduction des billets a créé des incidents cocasses. « Que veux-tu que je fasse de ça ? » disaient les femmes, habituées au troc et dont l'unité monétaire demeure la livre de pommes de terre.

En 1957 :

Le duc d'Edimbourg s'est dérouté pour visiter sa ville : Édimbourg-des-sept-mers. *La maison commune a été nommée Prince Philip Hall en son honneur.*

En 1959 :

Six bateaux ont jeté l'ancre à Tristan au cours de l'année dernière. L'isolement diminue. Mais ça ne fait jamais travailler le facteur qu'un jour tous les deux mois !

En 1960 :

M. Don Isley, qui jadis représenta l'université de Cambridge dans un match de rugby contre Oxford et qui fut par la suite fonctionnaire en Ouganda, est nommé administrateur pour deux ans à Tristan da Cunha. Le révérend Douglas Klemp, nouveau chapelain, sera du même voyage...

*

Hugh ramasse ses notes. Ces derniers noms figurent sur la dépêche du jour qui commence par les mots *Tremblement de terre à Tristan.* L'épopée a rejoint le fait divers. Hugh a changé d'avis : le paradis après tout, c'est ce qu'on estime tel, même s'il représente le purgatoire d'autrui. Cinquante lignes pour le taire, c'est trop ; et pour le dire, trop peu. Hugh décapuchonne son stylo. Il y va, il y va, il se laisse emporter. Il en est vite à cent quatre-vingts lignes, qu'il lui faudra, en soupirant, soumettre à la censure.

— Tu es fou, c'est trop long ! rugit le patron, qui en sabre un bon tiers.

En vain. Hugh, saisi d'amitié pour l'aventure australe, ira subrepticement rétablir son texte sur le marbre.

Samedi 23 septembre. James Key, soutier du *Tristania*, très grand, très blond, flanqué de Joss Twain, qui est tout le contraire, s'arrête devant l'avis placardé sur le mur, parmi d'autres, à l'entrée du Prince Philip Hall. Il murmure :

— Ils se sont bien fichus de vous, les cerveaux !

Sismologues et vulcanologues, il est vrai, ont bonne mine. Depuis sept semaines, le sourcil froncé ou la bouille fendue, selon son tempérament propre, chacun s'arrête pour relire l'oracle :

Consultés au sujet des secousses récentes, les experts estiment qu'il s'agit d'un simple tassement de terrain le long d'une ligne de faille. Il ne semble donc pas qu'il y ait danger. Cependant des vibrations analogues pouvant encore mettre en mouvement des rochers instables nous recommandons à tous de faire attention en passant sous les falaises ou à proximité des éboulis.

— Ça pour vibrer, on vibre ! dit Joss. Nous avons même vibré quatre-vingt-dix fois depuis dix jours. Si tu t'étais trouvé à St Mary's Church, dimanche dernier, tu aurais compris.

Inscrit comme Joss sur le rôle du *Tristania* — mais à titre permanent, alors que Joss ne l'est qu'à titre saisonnier —, James Key met pour la première fois le pied sur « l'île de La Désolation », où la terre désormais rivalise de gentillesse avec la mer. Le *Tristania* est arrivé depuis une semaine pour sa campagne de pêche. Mais James était de quart à bord, le dimanche 17, lorsqu'en plein service les murs de l'église se sont soulevés, tandis que le révérend Klemp, imperturbable, continuait d'officier, se retournant seulement une seconde pour dire à ses ouailles :

— Mes frères, nous supprimerons le sermon et les annonces pour écourter la cérémonie. Dieu vous ait en sa garde !

Le lendemain, pas question pour Key de mettre sac à terre. Ted Lash, le commandant du *Tristania,* le head-man, l'administrateur et tous les responsables s'étaient concertés : il fallait absolument savoir si les secousses restaient propres à Tristan ou s'étendaient aux autres îles : Inaccessible, Stoltenhof, Middle, Nightingale et même, beaucoup plus loin, Gough, toutes aussi volcani-ques, mais uniquement peuplées, elles, de phoques et d'oiseaux. Le *Tristania,* levant l'ancre pour cinq jours, avait tout en chalutant surveillé l'archipel.

— Remarque, dit James, on a bien fait d'afficher ce boniment. Les nerfs des gens, ça compte.

— Oui, dit Joss, mais aux îles, il ne se passe rien. Pas un œuf de cassé dans les nids de puffins, à Nightingale. Je suis entré dans une des cabanes où les hommes s'abritent quand ils vont ensacher le duvet ou le guano. Il y avait une pelle plantée le long d'une cloison et qu'une chique-naude aurait fait tomber. Elle n'avait pas bougé. C'est Tristan seul qui se trémousse.

— Comme tu vois ! fait James.

Le hall est plein. Le gramophone nasille. Toute la jeunesse valse dans la grande salle où les jupes toupillent sur de vastes jupons, où volent les nœuds-papillons de sombres cavaliers empesés comme leurs chemises. Dans l'après-midi, Sandra Tranch, fille du responsable de la conserverie, a invité ses petits amis, c'est-à-dire tous les moins de quinze ans du village. Ce soir Mike Tranch et sa femme ont convoqué les adultes pour une sauterie. Sauf les vieillards et les malades, tout le monde est là ; tout le monde a apporté son assiette et son verre. Une fête, ici, c'est comme le feu, le mariage, le deuil : on ne saurait s'y soustraire.

Mais le vieux phono, sur un dégueulando, s'arrête. Un gamin se précipite pour tourner la manivelle et changer le disque. Une série de cra-cra sort du pavillon, puis le début d'un vieil air écossais. Et soudain la jeunesse se déploie, fait cercle en battant des mains : Patrick vient de « jeter le coussin » à Ruth, qui s'agenouille et l'embrasse. Du vieux rite, parfois interminable, où de joue en joue ricoche souvent plus que de l'amitié, Joss aimerait bien être bénéficiaire. Ruth s'est relevée et tourne, le coussin dans les bras, cherchant de l'œil à qui transmettre, d'un baiser sur la bouche, le droit de choisir ensuite une autre partenaire. Elle semble hésiter... Joss s'avance, essaie de passer parmi ses cousins agglutinés. Il grogne même un dicton : *Toutes les huîtres se figurent que la perle est pour elles.* Mais Ruth, qui ne l'a pas vu, tamponne Nelson qui suçote Loo, qui lance le coussin aux pieds de Tony, bien forcé de s'exécuter et de lâcher la main de Blanch, sa chérie, avant de pouvoir la crocheter et, cette fois, tripler la dose... Bon, on savait ! Joss se détourne et tend l'oreille. Presque tout le conseil est là, sur sa gauche, sifflant de la bière en boîte ; et notamment son père, Baptist Twain, qui dit :

— En un sens, que Nightingale soit calme, c'est bien. Si ça se gâte, on pourra s'y retirer.

— Le temps que ça s'arrange ici, précise Ned Glad.

— Trois cents dans quinze cabanes ! s'exclame Walter.

— Tu rêves ! fait Agatha Loness. Une chose est d'envoyer les garçons pour une semaine ; une autre d'y installer les femmes et les gosses, sans eau, sans vivres et sans feu.

— Hé, dit Simon Lazaretto, nos pères ont commencé comme ça et ils ne sont pas morts jeunes. Mais le vrai, c'est que, même pour échapper, ça ne vaut pas le coup. Vous y songez, vous, à filer ? Moi, quand j'y pense, je sens mes os s'enterrer dans ma peau.

*

25 septembre. Par un temps épouvantable ils sont six,
dont Ralph Glad, à être allés voir ce qu'il advenait du
bétail à demi sauvage qui paît ce qu'il peut de l'autre côté
de la montagne, vers Stony Point. C'est toujours une
expédition, car, pour s'y rendre, il faut faire le tour,
marcher à travers l'espèce de jungle froide des hauteurs,
franchir les *gutters,* ces ravins étroits où se précipitent
deux douzaines de torrents. Énervés sans doute par les
secousses, taureaux et vaches suitées ont harcelé les
garçons contraints de se réfugier par moments dans les
« chaudrons », ces cratères adventices, parfois pleins
d'herbe, parfois pleins d'eau. Bloqués par la tempête,
puis par une brume intense, incapables de reprendre leur
course en sens inverse, ils ont campé sur place, couché
sous une de ces barques renversées qui depuis toujours,
dispersées sur les plages, servent d'abris — ou de canots
de sauvetage. Leurs mères commençaient à s'inquiéter,
leurs pères à parler d'imprudence. Peut-être, là-bas, le sol
était-il plus méchant, plus secoué que celui de l'Établissement ? Mais les voilà, trempés, fourbus, barbus, devant
un *scouse* — lait de poule aux œufs sauvages — bien
chaud, chez Ned et Winnie Glad, les parents de Ralph.

— Faites attention aux tasses, garçons ! disent ensemble mère et grand-mère.

— On n'en a presque plus, dit Dorothy, l'aïeule.

— Nous avons eu droit à un D, fait une autre voix

C'est Don qui parle. Il n'est pas là par hasard ; il avait
son idée, il attendait le retour de l'expédition. Voilà huit
jours qu'il a inventé, faute de sismographe, une méthode
de mesure approximative. L'amplitude des oscillations
d'un fil à plomb accroché à une potence et les effets des
secousses sur les objets fragiles — vibrants, agités,
déplacés ou cassés — peuvent fournir une échelle : A
faible, B moyen, C fort, D violent. L'E — destruction
d'une maison — ne s'est pas encore produit. Mais toute la

colonie sait maintenant ce qu'est un D. Hier les flambeaux sont tombés des cheminées. La vaisselle a été
fracassée dans les placards, un tiers des murets de pierre
sèche se sont renversés, tandis que soufflait soudain une
tornade brève, suivie d'un long trépidement souterrain.

— Et à la pointe Stony ? demande Don. Ça bardait ?

Ralph lève un regard étonné et fait craquer son ongle.

— Non, rien, dit-il. Pas ça !

*

30 septembre. Un frémissement continu, silencieux,
sensible au pied, travaille le sol, depuis deux heures.
Rassurés par l'habitude, l'administrateur, le médecin, le
pasteur, le responsable de la conserverie, Walter, Agatha,
Simon et les autres membres du conseil sont assis
en rond. Dehors, bien entendu : mieux vaut ne pas
s'exposer aux fantaisies d'un E, écrasant soudain le
groupe sous les ruines de la Résidence et laissant du
même coup la colonie sans cadres. Simon résume la
situation :

— Nous ne devons alarmer personne, dit-il. Mais
l'absence de toute secousse à Nightingale, comme au sud
de Tristan, est lourde de sens. Nous venons, vous le
savez, de procéder à un contrôle, en plaçant des observa-
teurs à l'est, dans la montagne, au-dessus de Black-in-
hole et d'autres à l'ouest, le long du torrent Gipsy. Ils ont
à peine ressenti le séisme de ce matin. Mais le père Klemp
et moi qui nous tenions, au bout de la Vallée, près des
champs de patates, nous l'avons noté D, comme Walter,
resté chez lui. Conclusion : c'est la colonie seule qui
tremble ; c'est l'espace même où nous vivons...

Les hommes sont raides. Agatha dénoue nerveusement
sa fanchon, comme si elle étouffait. Le vent s'est levé,
étire le drapeau hissé à bout de mât face à la mer.
L'administrateur prend le relais :

— Londres a cessé d'être optimiste, dit-il. On peut se

demander si la bande côtière n'est pas en train d'amorcer un glissement. Ou bien alors...

Son regard monte vers la *Reine Mary,* par exception dégagée de sa couronne de brumes. Ce qu'il pense, il n'a nul besoin de l'exprimer. Le *Perbuatan* devait ressembler à ce cône quand, d'un seul bloc, il éclata, rasant l'île de Krakatau ; et le *Bagondo,* qui se servit de son lac intérieur pour nettoyer, en un terrifiant lahar d'eau bouillante, toute vie autour de lui ; et la *Montagne Pelée* qui s'ouvrit, soufflant une nuée ardente qui en une minute raya de la carte Saint-Pierre de la Martinique.

— Londres croit au réveil du volcan, murmure Walter dans le silence.

— Mais alors pourquoi là ? demande Robert Glad, le sacristain.

— Parce que, sans doute, c'est le point de plus faible résistance, reprend Don. Après tout, les monticules, que vous appelez Knock-folly ou Hillpiece, ne sont rien d'autre que le souvenir d'éruptions secondaires : des craterlets érodés, comme il y en a partout dans l'île. Le fait s'est déjà produit.

— Crache ailleurs, imbécile, tu as de la place au sud ! fait soudain Baptist Twain, invectivant la montagne avec l'entrain des insulaires pour engueuler une pioche cassée ou faire des compliments à leur filet plein.

— Et toi, tu arrêtes, non ? grogne Ned Glad, tapant du talon. Te figures-tu que nous allons trotter comme des rats ?

La terre frémit toujours, en effet ; elle a de temps à autre des sursauts, des à-coups analogues à ceux d'un raccrochage de wagons. Don se lève, retenant un sourire : il sait bien que c'est à lui, aussi, que ce discours s'adresse. Mais comme chacun il vient d'apercevoir un nuage de poussière qui monte et s'élargit au tournant de la falaise d'où parvient, malgré la distance et le vent contraire, le bruit sourd d'un écroulement.

— La conserverie ! gémit Mike, qui se met à courir. Dans dix minutes il va la retrouver intacte, mais hors de service : la conduite d'eau, son artère, est coupée. Des pans entiers de falaise se sont affaissés et des centaines de blocs de toute grosseur parsèment la grande plage. Les moutons, qui paissaient un peu plus loin sur les pentes qui descendent au Watron, se sont enfuis à temps. Seule, une vache a été tuée. Mais c'est miracle qu'il n'y ait pas eu mort d'homme. Pour la première fois vraiment effrayés, découragés, furieux, les uns en mocassins, les autres en bottes de caoutchouc, les uns en tablier, les autres en suroît, pêcheurs et ouvriers errent sur le terre-plein parmi les filets, les gonnes d'huile, les tonneaux de salaison, les caisses éventrées. Ce malheur, réparable, n'est-il pas l'avant-garde d'un pire ?

— Mais vas-y, crie Ned Glad, décide-toi ! Qu'on sache à quoi s'en tenir.

Enfin les hommes se calment, commencent à déblayer le plus gros autour de la conserverie. Les *Hill men* arpentent le chaos :

— En branchant une conduite provisoire sur celle du village, l'atelier pourra tourner, dit Simon.

*

5 octobre. Accouchée par sa tante Gilla — l'emploi de sage-femme est héréditaire chez les Grower — Cécily vient d'avoir une fille, Margaret. Pour la fêter, le printemps étoile l'herbe de fleurs à son nom. *L'arbre des îles,* qui rase la terre, les saules nains, courbés par le vent et qu'on voit seulement aux abords du village, ont repris des feuilles. Les pommiers rabougris — dont les rats, importés, hélas ! lors du naufrage du *Henry Paul,* croqueront les pommes — font pleuvoir des pétales sur le *jardin de Joé,* ce val du sud coincé entre le *Cave Gulch,* torrent couvert d'écume et le *Deep Gulch,* vrai canyon où l'eau invisible bouillonne à 60 mètres sous les berges, avant d'aller jeter ses ultimes cascades aux pieds des manchots de la rookerie de Trypot. Le lin, la camarine, le chénopode, l'oxalis, le groseillier du Cap, les genêts épineux

remontent vivement. Les boutons-d'or vont s'ouvrir près de la maison de Betty, unique endroit où ils aient jamais été aperçus et qui, sans doute, doit cette chance à quelque graine venue dans un emballage de la lointaine Europe. Encore quelques semaines et le géranium austral fera crouler du rose...

Mais les rochers, à 500 mètres à l'est du village, continuent à se fendre. On les entend craquer la nuit, comme des bûches mises au feu. De temps en temps, l'un d'eux se détache, s'élance, roule jusqu'au bas de la pente. La conduite de secours, posée en hâte, fonctionne. Mais déjà elle est attaquée de toutes parts.

*

6 octobre. L'épreuve est trop longue, trop incertaine. Les nerfs à vif, leur courage aussi brisé que leur vaisselle, tremblant à longueur de nuit pour leurs enfants dont elles coiffent les lits d'un dôme de planches, sursautant au moindre bruit, les femmes des résidents n'en peuvent plus. Chacun tait le nom de celle qui est venue crier dans le living même de l'administrateur, à l'heure du thé :

— On crève déjà d'ennui, en tout temps ! S'il faut encore y crever de peur, alors, non, je pars. N'importe où ailleurs, on n'aurait pas attendu de nous voir en bouillie pour évacuer.

Telle est aussi la hantise de Don. Mais le vieux dicton de l'île devient féroce : *Tristan, c'est comme la vie : on sait quand on y entre, Dieu seul sait quand on en sort.* Pas de bateau. Et comment, pourquoi, au nom de qui, organiser une évacuation contre l'avis du conseil, reflet du sentiment de la population, qui se cramponne ? Pour elle, ces secousses ne sont que tempêtes de terre, à supporter comme les autres. Nulle chance de passer outre, par voie d'autorité, sans prétexte majeur : l'écroulement de quelques maisons, par exemple. Mais elles tiennent, les bougresses : précisément parce qu'elles sont construites sans mortier, bloc sur bloc, à joint de glaise.

Faudra-t-il des morts pour décider les survivants ? Ce n'est même pas sûr. Don, soucieux de ne pas essuyer un refus, qui ruinerait son mandat, mais sachant bien qu'après Walter l'homme le plus influent de l'île, c'est Simon, a secrètement délégué le médecin pour l'endoctriner. Gagner l'instituteur, élève du révérend Rogers, jadis, puis d'une école du Cap et de ce fait l'un des rares sexagénaires instruits, fléchir son jusqu'auboutisme, c'est essentiel. Simon, surnommé « le diseur », reste très écouté par ceux qui semblent ne pas faire partie de ce qu'un politicien de comté, en Angleterre, appellerait le clan Beretti. Mais ce sont là, justement, calculs trop — ou trop peu — subtils. Communauté, d'abord. Qui ébranlerait cet autre mur ? Enveloppé d'excellentes raisons, Simon s'est seulement souvenu de son aïeul, le Sicilien jeté sur la côte sud. Il a répété :

— Oui, bien sûr, ce n'est pas drôle, c'est même assez dangereux. Mais enfin il n'y a pas tellement de casse. Et quand cela serait ! A ma connaissance, Messine est toujours habitée.

*

7 octobre. Paul et Thea, après être passés chez Tony et Blanch, qui doivent se marier le 15 et qui fêtent la pose du loquet sur la porte de leur maison, enfin terminée, ont poussé, la main dans la main, jusqu'à l'emplacement prévu pour la leur. Un bloc énorme a roulé près de là.

— Je m'en servirai pour l'angle, a dit Paul, avant de mettre la fille à plat sous un buisson.

*

Dimanche 8 octobre. 11 heures. Sans le moindre avertissement, d'une seule masse, 500 mètres de falaise ont, pendant l'office, lancé un second assaut, mais cette fois en direction du village. Le tumulte de cette cataracte s'est arrêté à la clôture de la dernière maison : celle d'Elias Grower. Avant même de le constater sur place, le pasteur sortant de l'église pour aller se laver les mains, devine le désastre : le robinet tout neuf posé dans la cuisine ne crache plus une goutte d'eau. La station de pompage, qui puisait dans le Watron, a dû être emportée. Cette fois, la conserverie est en chômage et du même coup toute la pêche arrêtée, jusqu'à ce qu'un *nouveau* groupe puisse arriver du Cap. Quant aux ménagères du village, les voilà réduites à plonger des seaux dans le torrent, à faire leur lessive comme la fit durant un demi-siècle l'épouse du caporal, battant sur des pierres plates le linge de seize enfants.

Midi. Jeune soleil, brise baiser, mer amie. De longues failles se forment, se déforment, se chevauchent d'un bord sur l'autre vers l'est. Deux moutons sont tombés dans l'une d'elles, qui s'est refermée sans bruit. Un peu plus bas, dans un paysage d'arbustes écrasés, de blocs erratiques, Elias, sa femme Esther et leur petite Selina hésitent à quitter leur maison qui a glissé de 10 centimètres et dont les portes ne ferment plus. Le docteur Dumfries, monté à la rescousse, parvient à les entraîner jusqu'au cottage du gros Gordon. Mais là encore il se révèle que la retraite n'est pas sûre : le parquet s'est fendu, un mur n'est plus d'équerre.

— Installez-vous chez moi, dit le médecin.

15 heures. Les fissures se rapprochent, zigzaguent, coupent les sentiers. Le grelottement du sol a repris et déclenche une pluie de pierre, insistante, insupportable à la longue pour les nerfs de ceux qui sont en dessous, terrés dans des maisons dont une dizaine ont plus ou moins bougé.

20 heures. Le moral enfin craque. Dans la nuit, trouée de torches, dans le crépitement des cailloux qui tombent plus drus, la moitié du village se réfugie chez l'autre ou va camper dans la grande salle du hall.

22 heures. Le révérend, ayant aidé son monde à porter des valises, à se caser pour la nuit, a renfilé sa soutane, passé le surplus, l'étole, tandis que Robert, son sacristain,

lui-même sans logis, allumait les lampes à pétrole. Cecily Grower voulait à tout prix faire baptiser son bébé « avant la catastrophe ». C'est fait. Elias, le *farty* — le parrain —, portant Margaret, Cecily soutenue par Bob, son mari viennent de repartir en murmurant :

— Au moins, si on saute...

Robert aussi s'en est allé. Le père Klemp dépouille son surplis qui, en passant par-dessus sa tête, rebrousse ses cheveux gris. Pauvre baptême à la sauvette ! Il s'immobilise un instant dans cette petite église où cinq races mélangèrent aussi leurs obédiences sans avoir — même les Italiens — l'impression d'en changer. Il regarde, mélancolique, l'autel dont les six flambeaux d'étain encadrent un tabernacle à petits rideaux, devant qui se balance la veilleuse accrochée à la barre sculptée. La nappe d'autel brodée, l'harmonium — présent de la Reine, dont longtemps nul ne sut jouer —, la bannière, la clochette posée dans l'embrasure de la fenêtre, le banc de communion à balustrade ouvragée par un couteau de marin, les chaises aux coussins tricotés, ce temple même au plafond de bois flotté dont jadis il arrivait qu'on dût retirer un pan pour y tailler un cercueil, tout cela resservira-t-il jamais ?

Allons, il faut souffler les lampes. Le père Klemp tire la porte, sort dans l'ombre. La mer, si proche, brasille sous la lune. A l'est des claquements secs flagellent le silence que surplombe la froide compassion des étoiles.

A l'agitation près des oiseaux et du bétail, très paniqués, l'île, dans la matinée du 9, aurait pu sembler convalescente. Les Elias, les Ned, les Baptist, les Bob (à Tristan où il n'y a que sept patronymes, mais plus de deux cents prénoms, glanés dans toutes les langues, celui du père rassemble la famille) purent rentrer chez eux, où, chose curieuse, ils trouvèrent les issues débloquées, les fentes resserrées. La falaise lapidait plus mollement les alentours ; la tremblote avait disparu et il n'y eut, vers midi, qu'une secousse, suivie d'un calme étrange.

Ce n'était qu'une rémission. Aussitôt après déjeuner, comme Winnie s'escrimait de la lavette et Ruth, sa fille, du torchon, un bruissement se fit entendre : d'abord fluide, puis peu à peu syncopé, assez proche — en le multipliant par mille — d'un halètement de lutteur dans le suprême effort. Puis des craquements d'une intensité jamais atteinte se répercutèrent d'écho en écho.

— Voilà que ça recommence ! gémit Winnie.

Vers 3 heures, Ned, Ralph et Bill sortirent pour jeter un coup d'œil, prirent le chemin de la conserverie. Ils ne tardèrent pas à voir devant eux Baptist, Joss et Matthew, animés des mêmes intentions et qui n'avaient pas craint de se laisser accompagner par les filles, Amy, Jenny et même la benjamine, Stella.

— Moi qui voulais sarcler mes patates ! cria Ned, forçant un peu pour rattraper Baptist.

Celui-ci n'avait plus dix pas d'avance, quand soudain il s'arrêta, barrant la route à ses enfants d'un geste impérieux. Quand les Glad arrivèrent à la hauteur des Twain, ils n'eurent besoin d'aucune explication ; ils se figèrent aussi, médusés. Le rarissime spectacle du Parucitin — enfant du diable accouché soudain par la terre devant deux paysans mexicains — se renouvelait à leurs yeux. La pente s'était rompue sur plus de 300 mètres. Les bords de la crevasse, béante, s'écartaient peu à peu. Mais l'un d'eux s'affaissait, tandis que l'autre montait irrésistiblement, hissant des tonnes de roche au gré d'une formidable pression intérieure.

— Joss, dit Baptist, cours chercher Walter. Vous, les filles, fichez-moi le camp et allez dire à la mère qu'on peut faire nos paquets.

Puis tourné vers Ned :

— Vu ? Les œufs seront bientôt tout cuits dans les nids.

*

Quand arrivèrent Walter, Don, puis une cohorte d'où chacun s'évertuait à chasser l'inévitable petit Neil et son acolyte ordinaire, Cyril, les Glad et les Twain avaient déjà dû reculer. Le gonflement atteignait la hauteur d'un cottage et, se transformant en bulbe, rejetait autour de lui un mélange de mottes et de caillasse, au sein de quoi pointaient des monolithes qui se dégageaient lentement pour glisser sur le flanc et en laisser apparaître de nouveaux, inlassablement. De ce vomissement grumeleux montait le même souffle harassé, aux reprises frémissantes qui, chaque fois, élargissait le tumulus. Don ne s'attarda pas :

— Cette fois, nous sommes fixés, dit-il.

Et reniflant, pour contrôler l'odeur qui commençait à sourdre :

— Tout le monde en bas ! N'imitons pas Pline, qui se fit asphyxier par curiosité.

Walter courait déjà vers l'obus-cloche pour sonner le tocsin. Cinq minutes plus tard, à l'exception de quelques vieillards et d'une vingtaine de pêcheurs pour qui venaient d'être hissés au mât des signaux, sur la colline surplombant le débarcadère, les pavillons de détresse, tous les hommes étaient là. A peine eurent-ils formé le cercle que Don leur assena :

— C'est fini. L'Établissement est condamné. Le volcan se réveille en créant sur la colonie même un cratère secondaire qui peut d'un instant à l'autre émettre des laves, peut-être même éclater. Nous n'avons plus de travail, plus d'eau. Il n'y a désormais plus de sécurité. L'évacuation s'impose.

Les hommes se regardaient, effarés, presque hostiles, puis regardaient Walter, qui trois fois leva les bras et trois fois les laissa retomber, mime désespéré de l'impuissance. Subir n'est pas consentir. Nul ne cria non. Mais nul ne cria oui. Un retardataire survint : le père Klemp, qui se fraya un passage à travers la foule. L'administrateur le prit à part avec Walter, leur parla à voix basse et sans rien ajouter, partit en courant vers la station de radio. Chacun comprit : que le poste émetteur fût détruit et Tristan, coupé du monde, ne pourrait même plus lancer de S.O.S. Mais ce départ délia les langues :

— Si c'était arrivé il y a cinquante ans, qu'auraient fait nos pères ? lança Simon.

— Ils seraient restés, donc ils seraient morts, répondit vivement le pasteur. Quand la mer entre en rage, chacun se replie à terre. Aujourd'hui c'est la terre qui se révolte : il faut nous replier vers la mer. C'est la seule façon de protéger l'avenir.

Il rougit, car il n'y croyait guère. Mais cet argument-là — *partir pour revenir* — c'était, il le savait, le seul irréfutable, le seul capable d'empêcher un suicide collectif. Il observait intensément Simon dont l'attitude serait déterminante. Mais ce fut Abel Beretti, le frère du headman, qui cria :

— Montons sur le *Tristania* !

— Oui, dit Walter, mais il est trop tard pour qu'il puisse nous prendre ce soir.

— Et il est trop petit pour nous contenir tous, dit enfin

Simon. Même si nous parvenons à le rappeler il ne pourra, au mieux, que nous transporter à Nightingale, demain matin.

— Ce serait déjà beaucoup, dit Walter. Cela donnerait le temps à la marine de se porter à notre secours. Don télégraphie partout.

— Et que ferons-nous cette nuit ? dit Baptist. Prendrons-nous le risque de griller sur place ?

— Passons sur le versant sud ! crièrent à la fois Bill Grower et Homer Ragan.

— Les femmes et les enfants en seraient bien incapables, dit le père Klemp, rassuré, car visiblement la peur l'emportait.

— Alors, aux champs de patates ! proposa Ned.

— Très juste ! dit le pasteur, se substituant sans vergogne à Walter. Dites aux femmes d'emporter des couvertures, des vêtements chauds et de partir tout de suite avec les enfants. Vous, attelez, chargez sur les chariots les malades, les vieux, les bagages. Pas d'avis contraire ?

Rien ne bouscule mieux les gens que de les acculer au vote négatif. Simon hochait la tête. Walter n'était plus qu'un dos rond.

— Bon, reprit le pasteur, partons vite.

— Et que ferons-nous des bêtes ? demanda Ned.

— Lâchez-les dans la nature, en les poussant le plus loin possible vers l'ouest, dit Simon, relevant un visage gris.

*

Ned n'attendit pas son reste L'urgence devenait manifeste. La taupinière géante avait encore grossi : elle semblait même le faire de plus en plus vite. Dominant le bout de la grande plage et la charnière du Watron, elle ne laissait aucune chance à la conserverie et fort peu aux maisons les plus proches. Pourtant quand Ned, activant sa femme, sa mère, sa grand-mère, ses fils, sa fille, eut mis ses bœufs sous le joug et chargé la basterne, le cœur lui manqua. Sous prétexte d'aider les voisins, il laissa prendre de l'avance aux siens et resta dix minutes planté devant sa maison, dont les quatre petites fenêtres à guillotine, peintes en bleu comme la porte, flamboyaient au soleil couchant. C'était un bon cottage à murs francs hourdés à la chaux, doublés de larges planches, provenant du *Czarina,* mis en pièces un siècle plus tôt sur la pointe Anchorstock. C'était un bon cottage, moins humide que les autres, dont les blocs de lave brute jointoyée de glaise verdissent à la pluie. C'était un bon cottage de trois pièces, aux cloisons encollées de pages d'illustrés, des noires et des en couleur, rendant aussi familiers que Walter tous ces gens qui comptent dans les *Extérieurs :* présidents d'ici et de là, Napoléon, Churchill, Staline, Mao, l'archevêque de Westminster, la reine, l'empereur d'Éthiopie, sans compter les champions et les stars — voilà pour elle, voilà pour lui — réservés à l'incitation légitime dans la chambre à coucher des parents. C'était un bon cottage, complet, avec une bergerie pour les agneaux, dont le fumier est excellent pour la patate ; avec une écurie pour Comrade, l'âne ; avec son petit silo à pommes de terre ; avec une cahute de bois, garnie d'une porte à crochet, pour le nécessaire. Et tout ça, en commençant par le toit de chaume si tentant pour les fumerons, cette saloperie de chaudière en train de s'allumer allait le flamber bêtement...

— Allons, viens Papa !

A califourchon sur Comrade, Ruth était remontée, inquiète : tant pour son père sans doute que pour les Twain et, plus précisément, pour Joss qui pour l'heure avait des ennuis avec son chargement. Ned, un peu honteux, s'en fut l'aider. Quand l'attelage démarra, il ne restait plus personne alentour, ni gens ni bêtes — sauf les chats, les poules et les oies. Au loin, d'ornière en ornière, sur la sente sinuant à travers les landes, c'était l'exode. A pied ou montés sur leurs vaches, sur leurs gémissants chariots, les insulaires par petits groupes gagnaient *Potato*

patches : l'ensemble de petits champs situés à trois
kilomètres de là entre les torrents Wash et Big-Sandy.
Certains avaient déjà dépassé le gué. Soulignée par les
peaux de moutons des hommes, les mugissements du
bétail, qu'avec des interjections rauques 'poussaient
devant eux les jeunes gens, la scène n'avait pas cent
cinquante, mais plutôt mille cinq cents ans d'âge : celui
des grands déplacements barbares. Et seule pouvait la
dater la bienheureuse présence du *Tristania* qui, rappelé
d'urgence, revenait du large à toute vapeur et pour se
faire voir, pour réconforter le moral des fuyards, avait
allumé ses feux.

Depuis qu'il s'était embossé à un mille du rivage, Ted Lash n'avait pas cessé de braquer ses jumelles. De la dunette il avait tout vu : la croissance de cette tumeur, encore rocheuse, qui ne cessait d'enfler au-dessus de la colonie ; puis l'exode même et le rassemblement au milieu de ces curieux champs de patates qui, séparés par des levées de défense contre le vent — capable de souffler la récolte en une nuit — ressemblent à un damier de marais salants. Il enrageait de n'avoir qu'un rafiot de 167 pieds, prévu pour son seul équipage, incapable d'embarquer tout ce monde en pleine nuit, même en se résignant à faire la navette : le vent était loin d'être nul et à travers les *Hardies,* ces brisants de la côte ouest, une chaloupe n'a de chances que le jour. Il avait attendu jusqu'à minuit, anxieux, se félicitant d'avoir une semaine plus tôt prêté à l'administrateur un talkie-walkie. Mais il n'avait plus rien reçu de lui depuis ce dernier message :

— Allô, Ted ? Nous campons. J'ai installé les vieux et les malades sous deux tentes de la marine, restées ici par miracle. Les femmes et les enfants s'entassent dans les appentis. Les hommes se contenteront des fossés. Il ne pleut pas, c'est une chance. Quoi de neuf du côté de l'apprenti sorcier ?

— Rien, on ne voit plus rien ! avait balbutié Lash.

— Bon, je me couche... Enfin, il faut faire semblant.

Apparemment les uns et les autres n'avaient pas dû faire semblant, mais s'endormir vraiment, harassés. Et Ted Lash, machines sous pression, prêt à relever l'ancre, après s'être entendu par signaux optiques avec son collègue du *Francès*, l'autre chalutier de sa compagnie, qui venait d'arriver, était allé s'allonger sur sa couchette.

Il n'y resta pas longtemps. A 1 h 20, le matelot de quart le secouait comme un prunier :

— Vite, capitaine, ça crève...

Lash bondit sur le pont. A vrai dire on ne voyait pas grand-chose. Le haut du cône était devenu lumineux et il s'en échappait, avec un panache blanchâtre, vite noyé dans la grisaille nocturne, un mince filet de topaze fondue.

— Prévenez Don, dit Lash.

Car c'était bien là le paradoxe : cette confirmation de leur malheur, les réfugiés de *Potato patches*, protégés, mais aussi masqués par la montagne, ne pouvaient pas l'apercevoir. Vingt minutes passèrent. La fumée augmentait, ainsi que l'incandescence, qui la rendait de plus en plus visible et commençait même à éclairer la falaise derrière elle en y projetant, volute après volute, un jeu d'ombres chinoises. Enfin, le matelot remonta :

— Personne ne répond, dit-il.

— Lancez des fusées, reprit Lash, sans quitter ses jumelles.

Mais les fusées ne furent aperçues que du *Francès* qui bientôt lança, lui aussi, deux vertes en faisant bramer coup sur coup sa sirène. En vain : le vent devait la rendre inaudible à terre, comme l'étaient au large les détonations qui accompagnaient sûrement là-bas les gerbes d'étincelles, ponctuées de lapilli. Rien ne bougeait du côté de la terre où Lash regretta de ne pas avoir conseillé l'allumage d'un feu, servi par un veilleur. Il n'était pas question de risquer une descente. A 2 heures, Lash renonça. Chassant l'idée que l'éruption avait peut-être lâché une invisible et mortelle nappe de gaz, cherchant à se convaincre que leur éloignement en eût sauvé les réfugiés, il alla s'installer devant le poste pour passer lui-même un message au Cap.

*

Et la nouvelle, si fragile, lancée à quelques watts dans l'océan des ondes, où s'enchevêtrent les records, les cours de bourse, les résultats des élections, les accidents de stars, les naissances de quintuplés, les meurtres, les encycliques, les catastrophes... fit timidement le tour de la terre.

Il était 2 h 30 du matin à Londres, quand elle ricocha du Cap où elle avait été captée quelques minutes auparavant ; il était 5 heures à Leningrad, 12 à Tokyo, 13 à Melbourne et, de l'autre côté des fuseaux, 19 heures à San Francisco, 22 à New York quand elle tomba sur les téléscripteurs. Et dans cette confusion du temps et de l'espace, servi par la plus rapide des Cassandres, chacun réagissait en vertu de ses affinités, de ses problèmes, du sommeil, de l'indifférence méritée par un îlot de l'Antarctique, rarement marqué sur les cartes scolaires. Tout le Japon — si sensible à cette sorte de fatalité — apprenait l'éruption alors que ses victimes endormies à trois milles, l'ignoraient encore. Trompé par le nom de Tristan d'Acunha, son lointain découvreur, un poste français annonçait aux aurores : *Une île portugaise aurait sauté dans l'océan Indien.* Londres, Sydney, Ottawa, Le Cap diffusaient un communiqué, reçu de l'Amirauté, en alerte depuis la veille :

*Le vice-amiral, commandant en chef de l'Atlantique Sud, signale qu'il n'y a plus de relations avec Tristan. Le volcan de l'île serait en pleine activité. On ne sait rien du sort des habitants. L'Amirauté a donné l'ordre à l'*H.M.S. Léopard *de rejoindre Tristan à toute vitesse. Mais les 1 700 milles à couvrir, depuis Simonstown, lui interdisent d'y être avant vendredi.*

Une heure plus tard — après avoir rappelé que le petit-fils de William Glad, Robbie, longtemps émigré, avait participé comme cuisinier à la guerre des Boers avant de retourner à Tristan, marié à une Sud-Africaine, pour y

devenir chef de l'île jusqu'à sa mort — la radio du Cap
ajoutait :

Le paquebot Tjisadane, *venant de Buenos Aires,
annonce qu'il a pu prendre contact avec un chalutier,
croisant à proximité de Tristan, et qu'il se déroute pour
recueillir les survivants.*

C'est fini. Il a fallu deux mois pour savoir ce dont il s'agissait, mais à peine vingt-quatre heures pour en tirer les conséquences. Au petit matin, étonné d'avoir pu dormir — la tête dans une caisse — courbatu, craignant que les piles de son talkie-walkie ne l'aient lâché, Don s'est hâté d'entrer en communication avec le *Tristania*.

— Je viens d'avoir Freetown, a dit Lash, sans humour. On y parlait de l'éruption que, faute de pouvoir vous joindre, sacrée bande de loirs! j'ai annoncée cette nuit au Cap...

— Nous vous rejoignons tout de suite! a crié Don.

Mais il n'a pas été possible d'embarquer à partir de la côte ouest, où les courants font naître sur la falaise à pic un perpétuel ressac. Un essai, puni d'un immédiat renversement de canot, a terrifié les responsables qui ont décidé, tant pis! de retraverser, d'utiliser la petite plage, près de l'Établissement. D'où une nouvelle longue marche, interminable, accordée au pas des traînards. A l'approche du village la fumée, qui noyait la moitié des cottages, a fait hésiter la colonne. Il fallait passer à tout prix et presque tous l'ont fait en courant. Quelques-uns, risquant l'emboucanement, ont osé rentrer dans leur maison pour prendre des vivres, en se disant qu'à Nightingale il n'y aurait rien à manger jusqu'à l'arrivée de la Royal Navy. Mais le grondement du volcan a découragé les réfractaires qui parlaient de rester, à leurs risques et périls. Par chance, la mer était convenable, à l'est, et quatre chaloupes, d'abord chargées de femmes et d'en-

fants, ont pu glisser jusqu'aux chalutiers sans autre
incidents que des valises perdues, des douches gratuites.
Enfin au bout de deux heures le tour des hommes est
venu : le médecin est monté le dernier après avoir pris les
photos de sa vie :

— De toute façon, moi, j'avais fini mon bail, a-t-il dit.
Je devais partir ces jours-ci, et, ma foi, le temps me
durait. Eh bien, vous me croirez si vous voulez, mais je
rempilerais volontiers pour ne pas voir ça.

Nulle réponse. Les rameurs avaient l'œil sec, le bras
solide sur l'aviron ; et pourtant parmi eux il y avait Tony
qui ne se marierait pas le 25 avec Blanch. Tous regardaient devant eux le cratère naissant dont la gueule
vomissait du noir en dégorgeant des paquets de lave qui
dégoulinaient, rougeoyants et visqueux. Au-dessous, sur
la mer, une file de canots vides, accrochés à la queue leu
leu, attendait les pêcheurs. Les chiens abandonnés
aboyaient sur la plage et quelques albatros tournoyaient
hors d'atteinte en poussant des cris aigres. Don à son tour
a explosé :

— C'est un comble ! Voilà des gens qui ont manqué de
tout durant un siècle, qui commençaient à se suffire et
c'est le moment que choisit ce qui est en dessous... ou ce
qui est dessus, je ne sais pas, pour les chasser de chez eux.

Le père Klemp a froncé les sourcils. Simon aussi, qui a
grondé :

— Pourquoi est-il sorti, ce cratère, au seul endroit qui
ne laisse aucun espoir ? Où que ce soit, sauf là, nous
restions.

Trente coups de rame, en parfaite cadence. Puis on a
entendu l'agronome murmurer :

— En tout cas, chapeau ! Partout ailleurs nous aurions
assisté à une belle panique.

Walter alors s'est permis de sourire. Et tout le monde
s'est tu jusqu'aux chalutiers qui se balançaient, déjà
bondés, et d'où les matelots lançaient des cordages pour
amarrer les chaloupes.

*

C'est fini. Nightingale, qui porte, on ne sait pourquoi,
le nom du rossignol et qui ressemble plutôt à un dos de
chameau, Nightingale, vers qui chaque année les garçons
rivalisaient de vitesse dans une course devenue en quelque sorte leur brevet de courage, Nightingale est appa-
rue, avec ses tables de roche lisses où se dandinent les
manchots, où se vautrent les phoques, avec ses herbiers
criblés de nids. Les femmes sont restées à bord pour y
coucher, pêle-mêle, où elles ont pu. Les hommes, repre-
nant les rames, sont allés passer la nuit dans les cabanes
de fortune où, d'ordinaire, s'entassent les puants sacs de
guano : pas gais, certes, mais décontractés par l'annonce
de Lash, lancée au dernier moment du haut de la coupée :

— Sans-fil du Cap ! Le *Tjisadane* grille le *Léopard*. Il
sera là demain.

Et le lendemain, en effet, le *Tjisadane* s'est trouvé
exact au rendez-vous, a embarqué tout le monde, y
compris Simon et cette vingtaine d'hommes résolus à qui
il a fallu interdire de rester sur place pour « faire la
navette et entre deux accalmies soigner le bétail et les
champs ».

— Vous avez tout perdu, criait Don, mais soyez
heureux d'être vivants !

Cependant le paquebot avalait les bagages, y compris
les chaloupes de toile devenues de purs fétiches, et
repartait très vite, labourant cette mer que jamais les
marins de Tristan — les plus audacieux du monde —
n'avaient, de si haut, vue si soumise à un engin des
hommes.

*

Il file maintenant, tandis que, vidant les salons de ce
liner de neuf mille tonnes, dont le petit luxe leur semble
exorbitant, les nouveaux passagers, hébétés, stupéfaits

d'être là, se penchent au bastingage. Le capitaine, l'équipage hollandais ont été plus qu'amicaux. Mais quelques Argentins tirés à quatre épingles, quelques stewards sud-africains froncent le sourcil. Trois demoise¹-les de Bloemfontein à tortillants petits fessiers lorgnent ces demi-sauvages au teint foncé, aux gros bas de laine brute qu'on dit filée à domicile par ces mémères à fichus, à fanchons, à excédents de manches et de robes. Qu'importe ! Les insulaires, sans un regard pour leurs flûtes à bas de soie, ne leur montrent que le dos. Le *Tjisadane* va repasser près de l'île, dont le cône, annelé de blanc, en haut, est assis en bas, dans l'écume. Le capitaine a donné l'ordre de serrer la côte, dans la mesure du possible. Voici la pointe Stony, avec l'anse de *Blineye* qui perpétue le souvenir d'un taureau borgne. Voici *Down-by-the-pot*, ce bout de grève où trôna longtemps une marmite à fondre l'huile de phoque. Voici la rookerie d'*East End*, la plage *Half-Way* sur la vertigineuse sente du sud et *Jew's Point* vers qui rama un vieux juif exténué sorti vivant des débris du *Joseph Somes*. Mais l'île est ronde et un cap doit être tenu. Au loin, derrière *Big Point* il y a de la fumée, de la fumée, de la fumée... Le *Tjisadane* s'éloigne. Tristan se rapetisse, s'enfonce dans le lointain, va disparaître.

— Allons, ça se passe mieux que je n'aurais cru, souffle Don dans l'oreille de sa femme.

— Ils sont comme assommés ! murmure Kate.

Mais soudain tous les bras sont en l'air. Amorcées par l'une d'elles, deux cent soixante-quatre voix fausses ont entonné la vieille scie écossaise des séparations :

> *Should auld acquaintance be forgot*
> *And never brought to min'...*

Ni Walter pourtant si mesuré, ni Robert le sacristain ne manquent au chœur de la communauté :

> *... Should auld acquaintance be forgot*
> *And days o' long syne ?*

C'est fini. L'hélice brasse une soupe de débris d'algues, le sillage s'incurve, puis s'allonge vers l'est. Les yeux insistent encore, mais les bras sont retombés. Don se rapproche et dit, à mi-voix :

— Soyons francs, Walter, mieux vaut ne pas décevoir en entretenant des illusions. Vous n'avez aucune chance de revenir là-bas.

— Qui sait ? répond Walter. Tristan, de toute façon, ce n'est pas seulement une île, c'est nous.

Il réfléchit, cet homme. Élu pour ce « don de parole », dont il fait d'ordinaire un usage prudent, il doit retourner sa langue dans sa bouche. C'est Simon qui prend le relais :

— Après tout, dit-il, ce départ n'est pas moins incroyable qu'un retour. Pourquoi, venus d'ailleurs, nos pères sont-ils restés au milieu des tempêtes ? Vous le savez bien, Don. C'était pour en éviter d'autres, que nous n'avions pas non plus envie de connaître. Bien sûr, dans cet esprit nous avons pris du retard. Mais sauvés du volcan, dites, le serons-nous du reste ? Soyons francs, Don : au fond, vous pensez que la perte n'est pas grande. D'un côté le moyen âge, n'est-ce pas ? De l'autre, le xxᵉ siècle. Peut-on regretter l'un quand on vous offre l'autre ?

Encore un silence. Puis Walter souffle :

— Justement, pour nous, voilà toute la question.

2. L'exil

Pour cette planète *infestée d'hommes,* dont des milliers meurent chaque jour de faim en Afrique, d'accident sur les routes d'Europe, du pian, de la variole, d'une giclée de napalm en Asie, la fin d'une île perdue, dont moins de trois cents vivants après tout se sont tirés indemnes, vraiment ce n'est rien. La télé n'était pas sur place pour en tirer de fortes images. La presse mondiale est submergée de drames plus lyriques. Adieu Tristan et que les pingouins, maintenant, s'y tirent d'affaire !

Pour les Anglais, qui jouent aux quatre coins de par le monde, bien sûr, c'est autre chose. Des provinces, ils en perdent, et même des pays entiers, dans ce grand reflux de la marée blanche qui met au sec les longs courriers de l'Empire. Mais une île, avec le flag dessus, flottant encore dans les vapeurs de soufre, ô mythe, réveille-toi ! Le vieux sang, allongé d'eau de mer, dans les veines du gentleman à parapluie n'a fait qu'un tour. LA B.B.C. et l'I.T.V font à Tristan l'honneur de leurs programmes, au moins une fois par jour. Les journaux de Cardiff réclament des nouvelles du père Klemp, gallois. Ceux de l'Ulster s'inquiètent de la famille Isley, originaire de Belfast. Ceux d'Édimbourg titrent : *Agonie de la petite sœur.* La Société pour la propagation de la foi est assaillie de coups de téléphone, de lettres, de propositions. Elle mobilise « les générosités » qu'exalte l'édifiante déclaration, transmise par un reporter du Cap, d'Agatha Loness, head-woman et porte-bannière :

— *En tout ceci, je vois la main de Dieu. Il a voulu que nous quittions l'île. Il veillera sur nous.*

Les ligues féminines seront complices de cette Providence. Le ton monte : nous en sommes presque à la sortie d'Égypte des Hébreux marchant vers la Terre Promise. La Croix-Rouge intervient. Dans les écoles ont fait des rédactions sur Tristan. Le gouvernement débloque des crédits. Chance inattendue ! Voici que se déclenche un de ces élans de charité collective qui, du sein même de l'indifférence vouée à des millions d'infortunes, se précipite sur quelques-uns.

Et les articles, les émissions se succèdent. *Ils* sont sauvés. *Ils* sont à bord d'un paquebot hollandais. Mornes, mais résignés, *pleins de gratitude envers la mère patrie,* ils sont arrivés au Cap où ils ont découvert les autos, les avions, les vélos, les immeubles de vingt étages, les postes de télé, les feux de circulation, les enseignes au néon, tout un monde inconnu, fabuleux. Bien sûr, explique-t-on, ils en avaient entendu parler ; ils recevaient quelques illustrés, ils rêvaient dessus : mais à peu près comme nous-mêmes, dans les romans de science-fiction, nous rêvons aux habitants d'une autre planète. Ils n'évoquaient cet univers étrange, mythique, qu'avec réticence. Les magazines, hélas ! se complaisent dans le terrifiant : champignons atomiques, révoltes, crimes, chutes d'avions, guérillas, désastres en tous genres et la puissance même de ce monde infernal — puissant, peut-être, parce qu'infernal — les détournait de nous. Maintenant ils voient ils touchent ; ils s'aperçoivent que la joie, les fleurs, la bonté, les petites filles rieuses existent aussi, malgré le reste, dans les *Extérieurs.* C'est peut-être ce qui les étonne le plus, avec un certain nombre d'institutions qui nous sont familières et dont ils ne soupçonnaient ni le rôle ni même l'existence : la douane par exemple ou la police. Mais c'est la foule des grandes artères qui a tiré d'un vieillard le cri le plus surprenant :

— Nous ne savions pas que nous étions si peu !

Walter, par bélino, est apparu partout à la une ; ainsi

que la photo de deux chiots, épargnés par le massacre des chiens — massacre partiel, car beaucoup se sont sauvés. Ce sont les marins du *Léopard* qui (en respectant les chats, Dieu merci) ont été obligés de l'entreprendre pour protéger la basse-cour et le bétail, lorsqu'ils sont arrivés — le vendredi 13 — sur l'île désertée, avec mission d'arracher aux laves, si possible, tous les objets de valeur, dont l'harmonium de la Reine, réclamé par ses fidèles sujets. Le volcan aussi figure dans les gazettes : cet affreux (notez tout de même : c'est le seul volcan britannique en activité) a été photographié sous tous les angles par un officier qui n'a pas craint d'affronter de près les tourbillons violets de la troisième éruption. Mais la grande vedette est tenue par la petite Margaret, la dernière enfant née sur l'île, qu'on voit partout dans les bras de sa mère, Cecily Grower et qui est censée murmurer les six mots de la légende : *Maintenant je vous confie mon avenir.*

Le plus souvent elle a pour pendant le benjamin de Kate Isley, également présenté dans le giron de maman qui déclare, attendrie :

— Il s'est beaucoup amusé pendant les tremblements de terre. Il battait des mains, il criait : « Encore ! »

Bien entendu, les bénédictions, les éloges adressés aux autorités pour leur sang-froid, comme aux insulaires pour leur courage, sont poivrés de critiques. Il est difficile de trouver un responsable qu'on puisse accuser de négligence quand une catastrophe est le fait qu'un volcan... Mais les sismologues sont traînés dans la boue. Un libre penseur a osé proclamer à Hyde Park, du haut d'un banc :

— C'est une sinistre farce que d'avoir rassemblé les rescapés dans la cathédrale du Cap, le lendemain de leur arrivée, pour remercier le Seigneur de les avoir *épargnés*.

Un reporter, tirant son chapeau au ministre sud-africain de l'Intérieur, qui n'a pas craint d'enfreindre certaines dispositions de l'Apartheid pour accorder des permis de séjour provisoire, stigmatise l'attitude de beaucoup de ses concitoyens soucieux de rappeler que *ces gens ne sont pas entièrement de sang blanc* et les surnommant aussitôt *Bourbon-White.* D'autres se demandent si l'Angleterre était le meilleur endroit où réinstaller ces libres enfants de la nature. Pourquoi pas plutôt les Falkland ? Pourquoi pas Sainte-Hélène, dont théoriquement ils dépendaient ?

En tout cas ce qui va être le vrai problème des « rapatriés », basculant d'un siècle dans l'autre, ne torture pas les bons esprits. Le *Southern Post,* au contraire — où Hugh est relayé cette fois par le patron lui-même, qui y va d'un leader — résume bien l'opinion. Après avoir annoncé la grande conférence sur Tristan qui doit avoir lieu le samedi suivant au muséum géologique de Southampton, avec projection d'images prises par la marine, expédiées par avion, après avoir rappelé qu'une grande réception civique est prévue pour le 3 novembre dans le salon même du bateau, à l'arrivée des Tristans, partis le 20 du Cap, en classe touriste (coût, précise-t-il : 158 livres par tête), sur le *Stirling Castle...* Philip Hacklett conclut avec satisfaction :

... Certes, ils vont débarquer en proie au mal du pays et très désorientés par ce qui leur arrive. Mais quand on songe à ce qu'était leur vie, à celle qui les attend ici, on est tenté de leur dire : heureux malheur ! En ce moment ils n'en sauraient convenir, mais je tiens le pari : dans six mois ce sont eux qui nous le diront.

Malgré la stupeur, engourdissant chacun comme une paralysie, la remontée de la *Solent*, le long de l'île de Wight, avec Portsmouth à l'horizon, la rencontre d'un ferry, puis d'une drague, l'entrée dans la *Southampton Water* aux rives couvertes d'embarcations de toutes sortes, les indications du commissaire de bord qui disait : *Là, à votre droite, l'estuaire de la Hamble avec le terrain d'aviation...* et plus loin : *Là, à votre gauche, Hythe, où fume la plus grande raffinerie du monde et tout au fond, vous voyez, dans l'axe de l'église de la Sainte Trinité, près des six grues, la fameuse cale sèche King George V, la plus grande du monde, aussi, qui sert au Queen Mary...* et les entrepôts, par batterie de quatre, bassin après bassin, les sémaphores, les estacades, les pontons, les quais sous leur forêt métallique, les cargos, les paquebots, battant vingt pavillons, tout ce monde marin, sillonné, recroisé, policé, signalisé, enfermé dans son corset de fer et de béton, tout cela, malgré l'eau plate, neutre, irisée de gas-oil, ça occupait l'œil, ça coupait le souffle en inspirant le respect.

Mais de cette Angleterre, incroyablement bâtie, il avait fallu passer aux Anglais, non moins débordants. A peine le *Stirling Castle* amarré devant le dock 102, voici que du quai, noir de monde, hérissé de *Welcome*, croulant d'applaudissements, la ruée s'est portée vers les salons. Ned et Winnie, leurs enfants, leurs ex-voisins Twain, mitraillés, tiraillés, effarés par les questions qui fusaient de toutes parts, ne savaient plus où se mettre. Ils essayaient de satisfaire leurs hôtes, avec une gêne polie :

— Comment vous appelez-vous, mademoiselle ?...
Mais parlez, n'ayez pas peur...

— Ruth, répondait Ned, Ruth Glad, c'est ma fille.

— Êtes-vous contente d'être ici ?

Même coup d'œil désespérée de Ruth, fille polie, à son
père, porte-parole normal de la famille. Même truche-
ment :

— Oui et non, vous comprenez bien...

— Qu'allez-vous faire maintenant, mademoiselle ?

— Elle se mariera, je pense, monsieur, quand il sera
temps.

Ned n'osait hausser les épaules. Il ne voyait pas
l'intérêt de noter tant de choses insignifiantes ; il s'agaçait
de cette excitation, de cette curiosité. Est-ce qu'on se met
tout nu ? Est-ce qu'on livre sa peine au premier venu ?

— C'est vrai que là-bas on se jetait sur les nouvelles,
murmura-t-il à sa femme pendant une accalmie. Mais on
en avait seulement une ou deux fois par an. Ici, ils les ont
toutes et tout de suite. Pourtant ils ont l'air de ne jamais
en avoir assez.

— Ils en font peut-être, dit Winnie, ce qu'ils font de
leurs cigarettes ! Tu as vu ? Ils les jettent à moitié fumées.

Mais un journaliste revenait à la charge :

— Glad, vous m'avez bien dit : Glad ? Mais alors vous
êtes le descendant direct du caporal ?

— Comme nous tous ! fit Ned.

— Sans doute, reprit l'autre, mais vous en portez le
nom.

Il se retourna, jeta à un collègue resté dans son ombre :

— Tu les entends, Hugh ? Ils sont marrants, ils parlent
comme des personnages de Dickens.

Et parce que Ned s'appelait Glad, comme le fondateur,
il dut subir un nouvel assaut. Un grand sec se présenta
d'un seul mot, orgueilleusement jeté : *Times* ! Un ron-
douillard dit : *Daily Mail* ! Le peu d'effet produit sur Ned
par ces titres sacrés sembla diminuer leur estime. Mais
déjà ils étaient eux-mêmes bousculés par une équipe de
télévision qui braquait deux caméras, flambait toute la

famille au feu de ses projecteurs, criait : « Clap ! Les Glad, première ! » et mettait un micro sous le nez de Ruth, toujours elle, en demandant : « Vos impressions, ma jolie ! »

Ned suait à grosses gouttes. Don survint, protesta :

— Allons, voyons, ne les affolez pas. Ces gens n'ont pas l'habitude.

Mais il lui fallut filer aussitôt pour dégager Cecily Grower et son bébé, puis Jane Lazaretto, la doyenne, proche de l'évanouissement. Alors Ned, Baptist et quelques autres adoptèrent la tactique des bœufs musqués, firent passer femmes, filles et enfants derrière eux, les isolèrent, opposant à tous un rempart de sourires, de formules évasives :

— Demandez donc à Walter... Il vous expliquera mieux.

Résultat : Walter fut bientôt le centre d'un groupe compact, au sein de quoi chacun jetait sa question par-dessus vingt dos : *Chef, resterez-vous ici ? Chef, quels sont vos projets ? Que pensez-vous de la vieille Angleterre ? Chef, êtes-vous héréditaire comme la Reine ?* Impavide, Walter répondait de sa voix égale, qui commençait à s'enrouer :

— Ne m'appelez pas chef, appelez-moi Walter. Je ne suis qu'un délégué... Oui, si c'était possible, nous retournerions aussitôt chez nous. A Tristan, on peut être pauvre et se sentir riche. Ici, nous craignons que ce ne soit le contraire... Mais croyez bien que nous sommes touchés. Nous aussi, quand nous avons pu, nous avons recueilli vos naufragés. Ce sont même leurs fils, en somme, que vous aidez à votre tour... Nos projets ? Il nous est difficile d'en faire. Nous n'avons pour l'instant qu'un désir : rester ensemble.

Et il serrait des mains, des mains, tandis que les appareils, brandis à bout de bras, photographiaient sa calvitie, en lui faisant toutes les trois secondes cligner des paupières.

Il fallut l'arrivée des officiels pour le délivrer des

reporters qui se précipitèrent vers l'estrade, d'ordinaire utilisée pour l'orchestre. Le sous-secrétaire aux colonies, le lord-maire, le secrétaire général de la *Propagation*, la présidente de la Ligue des mères, un directeur de l'*Union Castle Line,* les représentants du comté, du clergé, de la Croix-Rouge du Hampshire, de la ville d'Édimbourg, de la section locale du Service féminin... c'était une importante cohorte !

— Hé ben, dit Ned, il faut croire qu'elles ont du succès, nos langoustes, pour déplacer tant de monde en notre honneur !

Bon refuge, le genre goguenard, quand l'angoisse et la timidité vous étouffent.

— Et dire, fit Baptist sur le même ton, qu'on ne pourra plus leur en fournir.

Mais des voix, soudain, réclamaient le silence. Le sous-secrétaire d'État venait de monter sur l'estrade, encadré par les personnalités. Il faisait ranger Walter à ses côtés. Il commençait à parler dans un anglais très châtié que Ned et Baptist avaient déjà entendu dans la bouche de jeunes administrateurs, mais dont beaucoup de mots continuaient à leur échapper. *Vous voilà à 8 000 milles de chez vous, mais près du cœur de l'Angleterre qui s'est tant inquiétée. Nous allons tout faire pour vous recaser. Ce n'est pas une chose qui peut réussir en un jour. Nous verrons cela ensemble. Pour l'instant le gouvernement assure votre entretien. Vous serez logés à Pendell Camp, près de Merstham, dans le Surrey. Bienvenue, mes amis et puissions-nous...*

Un second orateur, ecclésiastique, déjà le remplaçait, décrivait le torrent de bonnes intentions que les autorités canalisaient avec peine. *Le chambellan de la ville de Londres a lancé une souscription en vue de constituer un fonds national d'aide à Tristan. Les secours affluent : gros et petits mandats, couvertures, vêtements, jouets, bonbons, livres. Voire des propositions d'adoption, évidemment non retenues. Et des propositions d'emploi, qui seront examinées.*

Il énumère les noms de vingt œuvres qui s'agitent. Il s'étrangle de fierté, dans son col dur. Il arrondit la bouche pour lancer une dernière phrase :

— C'est une levée en masse de charité chrétienne !

*

A Walter de remercier... Ovation ! Il a embrassé la présidente de la Ligue des mères, dont brille l'insigne, identique à celui de ces femmes couvertes de fichus où s'enroulent des bébés suceurs de pouces. *Merci pour tout,* lance le vieil headman, un bras en l'air, *mais permettez-nous de le dire en vous offrant un souvenir. Nous n'avons plus rien, pensez-vous... Si ! Sur vingt grandes chaloupes, nous ramenons les quatre qui nous ont permis de nous sauver. Ces chaloupes, tendues de toile, souvent récupérée à partir de vos vieux sacs postaux, ont toujours été notre bien le plus précieux. Nous en garderons une comme fétiche. Nous avons offert la deuxième à la ville du Cap. Nous voudrions donner la troisième à la ville de Southampton et nous serions comblés si Sa Majesté daignait accepter la dernière...*

Cette fois, c'est du délire. Les photographes crient : *Où est-elle ?* et se bousculent pour aller, sur la plage arrière, faire un cliché du coracle de la Reine. *Et l'harmonium, où est l'harmonium ?* Mais l'harmonium, sauvé par le *Léopard,* n'a pas pu être encore réexpédié du Cap. La fièvre tombe. La presse maintenant, se jette sur les téléphones, puis disparaît pour aller s'exciter sur la naissance de David, vicomte Linley, fils de la princesse Margaret et d'Anthony, photographe, récemment promu comte de Snowdon pour avoir fourni à la Couronne cet héritier qui devient cinquième dans l'ordre de succession au trône. Le sous-secrétaire d'État s'en est allé, avec le lord-maire, boire un pot dans un salon voisin, avant la dispersion. Hugh, resté par sympathie, tandis que filaient ses collègues, va réussir une interview exclusive. Une femme vient d'arriver, de se jeter dans les bras d'une autre. *C'est la fille d'Agnès!* s'exclame-t-on, et soudain tout Tristan, sortant de sa confusion, fond en larmes :

— Qui, quoi, la fille d'Agnès ? demande Hugh.

— Elles ne se sont pas vues depuis dix-sept ans, dit Baptist. La petite s'était sauvée avec un certain Borner, un spécialiste qui travaillait au montage de la station de radio pendant la guerre. Elle habite Swansea.

Cependant, tandis que Hugh rallonge ses notes, les mâts de charge débarquent les bagages. Walter commence à rassembler son peuple, à le pousser vers la passerelle amovible, dont une pluie fine délave la peinture grise. Ralph soutient l'arrière-grand-mère Dorothy, avec ce respect ouaté qu'ont les jeunes de Tristan pour les vieillards. Grand-mère Maureen s'appuie sur Pearl ; la doyenne Jane sur Simon, son fils, qui mesure ses pas. Les jeunes filles se sont partagé les bébés. Nola, Flora, Loo, Rose, Jenny, Amy, Ruth en ont un sur chaque bras. Mais les fiancés ne se quittent pas. Blanch s'accroche à Tony ; Paul à Thea. Majestueuse comme une reine bohémienne et surchargée de tissus, Agatha Loness donne le bras à son époux, Ambrose, qui traîne une inquiétante maigreur. Vera, qui n'est pas moins forte, entraîne Robert et sa barbe. En bas, dans le hall, attendent les hôtesses, les « filles en vert » du Service féminin aux visages plaqués de sourires, aux bras encombrés de cadeaux et qui vont, une, deux, comme elles le font chaque dimanche pour telle paroisse en goguette, entraîner celle-ci vers les cars.

Il y en a un de trop... Non, c'est celui des bagages qui ne l'encombreront guère. Les officiels sont partis en voiture, sauf Walter qui ne se séparera pas des siens. On claque les portières. Chacun tressaille, chacun regarde, non sans malaise, bouger le décor à travers les glaces. *Tenez la gauche,* annonce pour les autos du continent une pancarte en trois langues. Le premier car s'ébranle, où ont pris place les Ned et les Baptist devant Agatha, Gilda Grower et les Elias, ses neveux, dont une convoyeuse mignote la petite Selina. On passe sous l'arcade de la sortie que surmonte son horloge et l'histoire se met à défiler, dans un sombre mélange. Voici la porte des Archers d'Azincourt ; le mémorial du *Mayflower* élevé à la gloire d'autres « pères pèlerins » partis depuis trois cents ans. Voilà les platanes commémoratifs plantés par les Américains après la seconde guerre mondiale. *Mecca Dancing* attire le regard de Jennifer, la plus enragée danseuse de l'île, la seule qui ait osé dire à un journaliste qu'elle apprendrait volontiers le cha-cha-cha. Ned observe, contracté, cette ville de briques, aux fenêtres avancées, ces gens qui attendent l'ouverture devant un *public bar* ou qui grimpent dans les autobus rouges, dont l'impériale a toujours l'air trop bas. Remuant les lèvres en lisant, Agatha déchiffre lentement les grands panneaux publicitaires des paris des *football pools,* qui annoncent : *sept cent mille livres par semaine...*

— On distribue vraiment tout cet argent au hasard ? demande-t-elle scandalisée.

— Il paraît, dit Ned, avec une moue.

Mais voilà de quoi consoler la porte-bannière. Une flèche s'élance dont une hôtesse — soigneusement avertie — dit, suave :

— L'église que vous voyez est celle des marins et s'appelle aussi St Mary's Church, comme la vôtre.

Mais la leur, aux pignons de blocs de lave épais de deux pieds, elle est à 8 000 milles sous une pluie de cendre qui semble soudain retomber jusqu'ici. Tout le car devient gris et froid, comme le ciel de novembre qui pleure le long des vitres. L'itinéraire en restera morose, qui maintenant les emporte par la principale 33 jusqu'à Winchester, puis par la 31 et la 25 au-delà de Reigate, vers ce camp militaire désaffecté, à la limite des bois où viennent mourir les lointains tentacules du grand Londres.

Déjà gantée, enfoncée dans son manteau de vison, jeté par-dessus son uniforme, Lady Hawerell, qui donne une réception à Londres dans l'après-midi et que son chauffeur attend dans la cour, regarde sa montre, murmure : « J'ai encore trois minutes » et décapuchonne un joli Waterman de sac à main. Elle s'assied et d'une nerveuse écriture bleue, très appréciée des privilégiés qui reçoivent ses cartons, elle inaugure ce cahier dont la couverture porte la mention *Opération Tristan* :

Le Centre d'organisation de Caterham a pris en charge l'aménagement et la gestion de Pendell Camp, refuge provisoire des évacués. Vingt-quatre bénévoles ont été recrutées, dont certaines dans les classes terminales des écoles de la région. La Croix-Rouge a monté une infirmerie qui sera dirigée par Mrs. Violet Grey, femme d'un ancien médecin de Tristan, donc connue des insulaires. Un expert vivandier, Mr. Colin McCortell s'occupera des problèmes de cuisine et de ravitaillement ; il disposera de trois équipes, assurant par roulement ces tranches horaires : 7.11, 11.15 et 15.19.

Le révérend Klemp et (bien qu'on n'ait encore jamais vu un fonctionnaire du Colonial Office œuvrer en métropole) Mrs. Don Isley restent jusqu'à nouvel ordre auprès de leurs administrés.

Le Secours national nous a procuré literie, mobilier et tous objets nécessaires.

Enfin ce bureau a été créé pour coordonner nos activités. Une permanente, disposant d'un téléphone, y recevra dons, offres d'embauche, demandes de renseignements. Tous les responsables s'y réuniront une fois par semaine pour rendre compte, tenir conseil, enregistrer les décisions. Il y sera tenu un journal que j'inaugure et où chacun consignera ses observations, avec brièveté. E.H.

*

Le même jour, mais après dîner, Violet Grey, stricte infirmière-major dont la féminité se résume au cœur rouge de ses lèvres, incessamment repeintes, s'assied devant le même cahier avec le sourire creux que lui donnent après coup ses fatigues bienfaisantes. Elle écrit à son tour :

Nous avons dû recevoir, dès l'arrivée, de nombreux malades. Le voyage en car a été mal supporté. Mais plus grave nous paraît l'épidémie de grippe qui touche la moitié des réfugiés. Les soins dont ils ont été entourés interdisent de penser qu'ils aient eu froid. Il s'agit, je le crains, d'un manque d'immunisation. La flore bactérienne est presque nulle à Tristan. On ne transfère pas sans danger une population originaire d'un milieu naturellement aseptique. V.G.

Réflexion faite, elle reprend la plume et ajoute ce post-scriptum :

Accueil réussi dans l'ensemble. Les hôtesses ont conduit chaque famille au logement qui lui était réservé : bien propre, bien chaud, étiqueté à son nom. L'inquiétude des insulaires, si vive qu'ils semblaient tous entrer dans une clinique, s'est un peu dissipée, quand ils ont vu venir à eux ce petit groupe d'amis, jadis en poste à Tristan, qui s'étaient déplacés pour les accueillir.

D'un pas sec qui sonne dans la nuit hâtive d'un jeudi de décembre Ned arpente le bitume luisant que font gicler d'incessantes voitures. Vers où, vers quoi ? Il n'en sait rien. Quelle importance ? Habitué à reconnaître tel buisson, tel rocher, tel détour de sentier, telle anse pourvue d'une certaine échappée sur la mer, repères depuis toujours connus, nommés, chargés de souvenirs, autrement précieux pour évaluer les distances que les bornes, toutes semblables, des routes du Surrey, son regard ne s'accroche à rien.

Il marche, cela suffit. Vers *Nutfield,* paraît-il. Il n'y a pas de noiseraie, à Tristan. Ce nom ne lui dit rien, n'a pas d'histoire sensible, comme le pâtis de *Calfyard,* où il a laissé ses veaux, et le torrent *Shirt-tail,* où son arrière-grand-père perdit la queue de sa chemise. Il pleut. *La pluie refait de la mer,* disait-on là-bas sous un grain. A Pendell, elle ne refait que de la boue et Ned se sent d'accord avec elle.

Depuis un mois, Grany Dorothy ne va pas du tout. Le médecin a exigé son hospitalisation : mesure à quoi les Glad n'ont pas aisément souscrit. S'il peut guérir, un malade le fait plus vite chez lui. Et s'il n'y a plus d'espoir, pourquoi lui ôter la consolation de s'éteindre parmi les siens ?

Ned marche. Les filles du Service féminin font leur possible, il faut le reconnaître. La chambre est confortable. Des rideaux, un tapis, deux fauteuils d'osier, de bons matelas sur des sommiers à ressorts, des gravures aux cloisons... Nul n'en demandait autant. Mais chacun espérait autre chose : une vraie maison, avec du feu dans l'âtre, et la femme touillant dessus sa cuisine. Ned a horreur de ce réfectoire où tout le monde doit à la même heure manger la même chose. Il enrage de voir sa mère, sa femme, sa fille embauchées pour la corvée d'épluchage, elles qui passeraient huit jours d'affilée à tout faire chez une voisine accouchée, mais qui n'ont jamais accepté de servir quiconque, fût-ce le révérend — souvent requis, au contraire, pour donner un coup de main.

Ned marche : vieille coutume de l'île où nul ne s'étonnait de voir un homme « monter dans les hauts » et arpenter les pentes, sans autre raison que d'y décharger son humeur. D'ordinaire, il se trouvait toujours un compatissant, un ami, qu'on finissait par croiser, qui lançait :

— Hé, Ned, ça va, laisse tomber le vent.

Et le vent tombait. On allait boire une tasse. On rentrait. Mais ici il n'y a dehors que des paysans aux fesses collées sur le siège des tracteurs, aux regards parallèles à leurs sillons ; ou bien des filles qu'on dirait trempées dans du lait et qui vous observent, serrées contre leurs galants en murmurant des choses. Osez donc leur parler ! Ned a bien essayé une fois de demander son chemin :

— *Blechingley*, s'il vous plaît, c'est à bâbord ou à tribord ?

Les éclats de rire du couple, il les a encore dans l'oreille. Des gens qui parlent de droite et de gauche, qui disent *bread* pour pain quand Ned dit *cake*, qui prononcent *England* quand Ned éructe quelque chose comme *Henglan* et le reste à l'avenant... allez comprendre et fraterniser ! D'ailleurs ils sont trop. Ce qui le désoriente le plus, Ned, c'est de découvrir un monde où les gens sont si nombreux qu'ils ne peuvent pas vous connaître, où ils semblent même ne pas en avoir envie. Car enfin qui pourrait garder des doutes à cet égard ? Il y a un Royaume-Uni qui revendique sa moindre parcelle ; et puis il y a le passant à l'œil mi-clos dont on devine bien que, pour un Britannique, il vous trouve un peu coloré. Vive Tristan, brave îlot de l'Empire ! Mais vous les avez vus, madame Smith, ces gens qu'on a installés dans le Surrey ? C'est fou ce qu'on laisse entrer de race baie, aujourd'hui, dans notre blonde Angleterre !

*

A la même heure dans la salle de réunion où trône le poste de télévision — offert, l'a répété la presse, par l'agent de publicité d'une grande marque — une trentaine d'oisifs, navrés de l'être, regardent défiler, tagada, tagada, dans quelque Arizona, bien pourvu de cactus, l'ultime cavalcade d'un western. Pan ! Un nuage sort du bon pistolet. Un cheval boule avec son cavalier.

— La pauvre bête ! s'exclament Tom et Sally Twain qui n'ont jamais eu qu'un âne.

Mais les méchants sont à quia. Malgré le feu nourri qu'au grand galop, tagada, tagada, assurent leurs colts inépuisables, eux seuls prennent du plomb, eux seuls s'abattent, qui sur le nez, qui sur le dos. La plaine en est jonchée. Le champion de tir, pistolero du droit qui, lui, sait passer à travers les balles, se penche enfin sur la jeune évanouie, légitime héritière de la mine d'or... Erreur, mon garçon ? Un féroce mourant se soulève et t'ajuste. Pan ! Que pensiez-vous donc ? C'est le héros qui, se retournant à temps...

— Quatorze ! dit Simon, qui comptait les morts sur ses doigts. C'est pour voir tuer tant de monde qu'on sert ça, le jeudi, aux enfants ?

Sans transition suit un reportage sur la marijuana où cette fois ce sont des vivants qui se couchent pour faire une autre sorte de fumée. Gros plans. Gloses de sociologues sur les ravages. Voyez ces avachis. Voyez cette fille dont les images — juste en deçà de la censure — permettent de penser que, si c'est par un bout qu'elle entre au paradis, c'est bien par l'autre qu'elle se le procure.

— Quand je vous le disais ! gronde Simon.

L'assistance bourdonne. Lady Hawerell, qui passait, qui s'est glissée dans le fauteuil voisin de celui de Don, lui-même assis au fond de la pièce, se penche pour souffler :

— Contre ça non plus, ils ne sont pas vaccinés. C'est comme pour les journaux : vols, viols, assassinats, ils ne supportent pas. Tous les matins, je les entends s'indigner. Leur angélisme m'agace un peu.

— D'autant plus que, pour vous consoler, ils ne s'épatent guère de nos moyens ! murmure Don, amusé.

Il le vérifie une fois de plus : ses administrés ne s'étonnent pas de ce qu'on pourrait croire. Le petit écran fait bouger de la photo, comme bouge au naturel n'importe quoi, un chien, un nuage, un ami, devant l'œil. Vol d'avion, vol d'oiseau, n'est-ce pas la même chose ? Don sait maintenant qu'il n'arriverait pas à éblouir son bisaïeul, s'il ressuscitait. C'est le bisaïeul qui achèverait de lui faire perdre la vanité de nos miracles en grognant comme Simon :

— Pour ce que vous en faites !

Lady Hawerell se lève, s'en va sur la pointe des pieds. Don la suit et de l'autre côté de la porte avoue dans un demi-rire :

— C'est idiot, mais j'ai honte quand passe devant nos amis une émission de ce genre. J'ai l'impression de les avoir amenés dans un mauvais lieu... Vous dites ?

Lady Hawerell n'a rien dit. Elle n'a fait qu'ouvrir la bouche, mais s'est sans doute ravisée. Elle avance dans le couloir dallé où Ruth Glad, embauchée à titre d'auxiliaire, passe la serpillière.

— Comment va la grand-mère ?

— Pas bien, dit Ruth, qui se met à frotter plus fort, tête basse.

— Laissez donc ça et allez près d'elle, dit Lady Hawerell.

Elle pousse la porte et dans la cour met une main sur le bras de Don.

— Le moral n'est pas fameux, reprend-elle, mais la situation sanitaire est pire. En dehors des grippes, nous avons maintenant cinq rougeoles, quatre jaunisses et plusieurs pneumonies chez des personnes âgées, notamment la vieille Dorothy qui a peu de chances de s'en tirer.

*

A la même heure Abel Beretti qui renifle, lui aussi, se rhabille dans le cabinet de consultation. Le médecin, qui un moment l'a pris pour Walter, son frère, tant il lui ressemble, griffonne son ordonnance, sans prêter attention à l'insistance du transistor du poste de garde qui débite du jazz en sourdine.

— Décidément, dit Abel, la radio, c'est votre bruit de fond. Pour nous, c'était celui-là.

Il étend la main vers un coquillage, un gros *cassis,* qui sur le bureau sert de presse-papier. Il le porte à son oreille. Le médecin signe et, tendant le bout de papier, relève les yeux :

— Pure légende ! dit-il. Ce n'est pas le bruit de la mer que vous entendez : c'est le bruit de votre sang.

— Bon, dit Abel, est-ce que ce n'est pas la même chose ?

Le voilà qui plie l'ordonnance en deux, puis en quatre, puis en huit, avant d'expliquer :

— Je vais vous dire ce qui nous manque : c'est le vent, qui draine le poumon et le sel, qui l'empêche de se corrompre. Que fichons-nous ici dans les terres ?

*

Un peu plus loin, dans leur baraque de la rangée I, Baptist et Susan Twain attendent la rentrée de leurs enfants. Les fils, faute de mieux, sont partis avec d'autres garçons jouer au football, à Merstham, contre une formation locale qui oppose ses feintes à leurs grands coups de pied et les ridiculise. Stella joue dehors avec

Neil et Cyril. Amy et Jenny dansent avec Ralph et Bill Glad à Blechingley : ce que leurs veines charrient de sang africain peut s'accommoder de tous les rythmes. La pièce est parfaitement noire : Susan n'a pas cru devoir allumer puisqu'elle n'a rien à faire. Elle somnole tandis que Baptist monologue :

— Tu y crois, toi, que nous sommes là depuis trente-quatre jours ? Tu vois, je les compte, c'est bien la première fois. Je n'en finis pas d'arriver. Quand le temps nous dure, une fois passé, il n'en reste rien, c'est connu. Mais comment te dire ? C'est plutôt moi qui passe, qui passe…

— Laisse donc ! dit Susan, à mi-voix, dans l'ombre. Tout de même, on est vivants.

— Et alors ? fait Baptist très haut. A quoi bon l'être si on ne se sent plus vivre ?

De l'autre côté de la cloison, même obscurité, même engourdissement. Homer Ragan est allongé sur le lit près d'Olive, à demi déshabillée pour ne pas froisser sa robe. Là aussi les enfants sont partis : Randal et Jasmin au cinéma ; Ulric avec Dora, sans doute ; et Blanch qu'il serait urgent de marier, avec Tony. Cette ressource reste la même partout. Homer sans raison apparente, confesse :

— Je me sens moche, Olive. Ils font tout ce qu'ils peuvent, ici, et nous n'arrivons même pas à être contents.

— Pour apprécier, il faut avoir désiré ce qu'on vous donne ! dit Olive sur un certain ton.

Quelque chose doit encore chiffonner Homer qui, tss, tss, la langue contre les dents, laisse échapper de l'air, puis du doute :

— Je me sens bête, aussi. Ils sont rudement en avance sur nous.

— Hé, fait Olive, tu les vois, non ? Ça court, ça crie, ça tremble devant l'heure, le fric, le patron, ça se monte les uns sur les autres, ça ne parle que de vacances, de retraite, de samedis sur la route… Quand les gens ont tellement envie de foutre le camp d'où ils sont, ils peuvent bien avoir des pouvoirs ! Le diable aussi en a et se tortille sur sa braise. Nous, nous avions autre chose...

— Nous avions... dit Homer.

Soudain Olive allume, se frotte les yeux, saute sur ses pieds.

— Ça va être l'heure que j'aille préparer les tables.

Homer l'observe du coin de l'œil. La combinaison rose, incrustée de dentelle mécanique, les bas de nylon, voilà des choses par quoi les donateurs auront tout de même changé l'aspect des donataires. La robe qu'enfile Olive a été rallongée : ça se voit à la raie de piqûres laissée par l'ancien ourlet. Elle n'en a pas moins libéré la jambe. Mais Olive cueille son fichu de laine à pompons, travail de veillée ; elle s'enroule dedans, comme pour se lancer dans la bourrasque, au-devant de son pêcheur. Un tour d'œil, un léger clapement de lèvres et la voilà sortie. Homer se relève, vérifie ses boutons, se fouille et sortant son couteau, va s'accouder à la table pour y reprendre la taille d'un modèle réduit de chaloupe.

Hugh, mandaté par son journal, vient d'arriver à Pendell, avec un photographe. Pour le *Southern Post,* encouragé par un flot de lettres, Tristan continue à valoir la une. Le gros Philip a même lancé une campagne de solidarité sur le thème : *Christmas approche, envoyez vos jouets et même, si vous pouvez, envoyez vos enfants jouer avec les petits réfugiés.* Hugh, avant de se rendre à la réunion hebdomadaire du bureau, a voulu d'abord visiter la garderie pour constater les résultats.

— N'en jetez plus, je vous en prie, nous sommes débordés ! lui a dit Miss Gow, la puéricultrice, dès l'entrée.

Hugh se caresse la pomme d'Adam : indice chez lui de vive satisfaction. Une montagne de livres, de puzzles, d'autos, de panoplies, de grues, de tracteurs de plastique, d'ours, de tricycles, de patinettes, de chemins de fer électriques — parmi quoi, plus inattendus, un âne en peluche grandeur nature et un électrophone — encombrent la première pièce de la baraque affectée à la Maternelle. Les lecteurs du journal ont vidé leurs nurseries...

— Vous avez oublié une chose, reprend Miss Gow. Les jouets sont des simulacres de l'activité des adultes. Nos enfants ne savent que faire de ceux-ci. Sauf les bateaux et les animaux de ferme pour les garçons, les poupées pour les filles, ils ne leur disent rien. Par ailleurs, excusez-moi, mais vous semblez vous faire des illusions. Voyez vous-même.

Hugh et son photographe passent dans la grande salle
où trois éclaireuses en jupe plissée, foulard de meute au
cou, distribuent des tasses de lait chaud. Il y en a déjà une
de renversée sur le grand tapis rouge où se traînent une
trentaine de bambins.

— Tiens, voilà un petit visiteur ! dit Hugh, poussant
droit vers un groupe de trois moutards où il a cru
reconnaître, à ses cheveux, un mini-citoyen du Surrey.

Tel il est bien, mais point selon les vœux de la
rédaction :

— C'est le gamin d'une infirmière qui me le confie
pendant le travail, dit Miss Gow. Expédier de vieux
jouets est une chose ; envoyer sa marmaille en est une
autre.

Mais Hugh n'écoute pas. Il s'est arrêté à trois pas pour
jouir d'une discussion où fleurit le délicieux conditionnel
du surréalisme enfantin :

— Ça, ce serait la montagne, dit le gamin blond. Alors
vous seriez les indiens et Ian arriverait par-derrière en
rampant avec Basil...

— C'est un fauteuil, je m'assieds dessus ! dit Basil,
catégorique.

— Impossible de leur faire admettre une convention de
jeu, murmure Miss Gow. Je n'ai jamais vu d'enfants si
cramponnés au réel. Regardez celui-là.

Le regard de Hugh suit, tombe sur un gnome de cinq ou
six ans qui s'est saisi d'un modèle réduit d'avion de
chasse, l'examine sous tous les angles, le trouve visiblement mal fichu, mais admettant qu'il a deux ailes, le fait
planer en rond.

— Pe-o ! Pe-o ! jette-t-il d'une voix suraiguë.

— Mr. Isley m'a expliqué, reprend Miss Gow, qu'il
s'agit du cri de l'albatros brun, terreur des poulets. Pour
les plus grands, dont s'occupe un chef scout des environs,
c'est à peine différent. Ils font du feu, montent une tente,
enlèvent un canot d'un coup de rame, en petits adultes
qui chez eux le font « pour de vrai » et peuvent ainsi très
tôt s'identifier au père.

— Bien utile pour la paix des familles ! dit Hugh rêveur.

— Moins utile pour leur progrès ! rétorque le photographe, jusqu'ici silencieux. Qui se ressemble s'assemble : encore faut-il savoir à quel niveau. Ce n'est pas pour rien que règne ici l'inverse : qui se pose s'oppose.

Hugh se renfrogne et Miss Gow hoche la tête :

— Je ne crois pas les choses si simples, dit-elle. Ma collègue de l'école primaire vous le dirait comme moi : ses élèves n'ont pas d'âge mental précis. Ils sont scolairement retardés ; et en même temps très en avance sur d'autres plans. Elle s'y perd. La vérité, c'est que leur système de valeurs est différent, rattaché à une autre forme de société... Mais filons au bureau, monsieur Folkes. La réunion va commencer.

*

Du blanc, du bleu, du vert : tout le monde est en uniforme, sauf l'administrateur et le père Klemp. Lady Hawerell, très sanglée, a l'accueil sévère ·

— Je ne vous le cache pas, monsieur Folkes, vous avez failli ne pas assister au Conseil. Les journalistes ont raconté trop de sottises et tellement talonné les réfugiés qu'ils ne veulent plus les voir... Enfin, nous avons besoin de la presse et nous savons que vous, au moins, vous ne déformerez rien. Autant vous le dire tout de suite, nous avons des problèmes.

— Trois mourants pour commencer, avoue Don.

L'infirmière-major, qui annotait le cahier de service, relève lentement la tête :

— Je suis consternée, dit-elle. L'absence d'immunisation fait des ravages et la série noire n'est sans doute pas close.

Quelques secondes de silence, puis Lady Hawerell toussote :

— Et vous, Colin ?

Transition souhaitable. Colin McCortell, l'expert vivandier, si long, si mince que tout le camp l'a surnommé *fil d'Écosse,* n'engendre ordinairement pas la mélancolie.

— Pour l'ordinaire, ça va ! L'insulaire moyen trouverait plutôt mes menus copieux. Il n'y a que mon poisson qui fasse l'objet de curieuses reniflettes...

— Désolé, fait Don, qui se déride. Mais je confirme... le poisson de Tristan est une merveille qui ne s'oublie pas. La seule, d'ailleurs, car pour le reste, notamment les malemoques rôties, je ne garde pas de nostalgie.

— Bon, reprend Colin. Mais vous savez que j'ai essayé d'étendre mon rôle à l'enseignement ménager et là je deviens bouffon. La Société électrique du Sud-Est m'avait proposé trois cuisinières flambant neuves, à portes transparentes et réglage automatique. Je m'étais dit : bonne leçon de choses ! Mais si j'excepte une expérience, tentée par la jeune Loo et dont il est sorti du toast brûlé, mes engins, pleins de boutons, ont effrayé ces dames.

— C'est aller trop vite, dit Don.

— Sûrement, admet Colin. Mais j'ai aussi tenté d'emmener quelques femmes au marché. Je les ai même laissées choisir. Elles ont presque insulté les vendeurs tant les prix leur semblaient scandaleux. Quantité, qualité, elles ont rabattu sur tout. Résultat : si je m'étais laissé faire, le régime tombait au-dessous de mille cinq cents calories !

Colin frotte l'une contre l'autre ses mains sèches et c'est un bourdonnement général. Chacun y va, pour Hugh, d'une anecdote. Violet Grey a cru, dans le même esprit, bien faire en acceptant la proposition d'une école de coiffure. Venez, voyez, asseyez-vous mesdames, on frise gratis ! Des auxiliaires sont allées l'annoncer partout. A 2 heures, hélas ! pas un chat. Les bénévoles ont été faire l'article à domicile ; elles ont expliqué à Judith Lazaretto qu'on se proposait de transformer Hilda sa fille, en vénus ondulée. *Ma foi, elle est comme elle est !* a dit Judith, presque offensée. Elle s'est laissé entraîner tout de même, avec quelques autres. Le maître coiffeur leur a montré des modèles de cheveux acajou, mauve, platine, or, rose indien. Il a empoigné une fille : pas de Tristan, non, elles reculaient, mais une auxiliaire de Blechingley, une immigrée italienne très brune, qu'il a lavée, triturée, décolorée, reteinte, sculptée, pour livrer un chef-d'œuvre couleur paille, sur quoi il a vaporisé un fixateur parfumé... *A qui le tour ?* a-t-il lancé, faraud. Mais la mer est bleue, le géranium rouge, l'herbe verte et les coulées de crin, sous les fanchons, aussi naturellement noires. *J'ai vu une fois,* a dit Olive Ragan, *un chiot violet ; il était tombé dans un pot de peinture.* Le figaro, sous les rires, a remballé son matériel...

Lady Hawerell lève un doigt, dit : « A vous, Miss Ridge ! » Mais une volontaire de Merstham, imposante, influente, tient à parler de son ouvroir. Son cousin, n'est-ce pas, celui qui a une grande bonneterie à Londres, lui a commandé des chandails. A un shilling l'once, toutes les réfugiées se sont jetées sur le tricot. On ne sait pas pourquoi elles appellent *gansey* un pull-over, mais le tricot, ça, elles adorent. Elles jouent des aiguilles en jacassant, en évoquant des histoires de Tristan.

— Par exemple ? dit Hugh.

La dame raconte l'histoire de la vache qui vêla sur le seuil de l'église, le jour de la Saint-Sylvestre, entourée de toute la population déguisée pour la Fête des masques.

— Vous me comblez, dit Hugh, voilà de la copie !

— A la vérité les chandails n'ont pas autant de succès, dit Lady Hawerell. L'acheteur trouve les finitions sommaires. Miss Ridge, à vous ! Où en est l'embauche ?

Dolly Ridge retire d'entre ses fortes dents le cigarillo qu'elle mâchonnait :

— Pas brillant, reconnaît-elle. Des offres, j'en ai. On me demande des chauffeurs, des valets de pied, des dactylos, des aides-comptables ! A l'inverse quelques vieilles, pour s'employer, m'ont réclamé des rouets. J'ai casé six manœuvres, une fille de salle, et enrichi l'équipe des balayeurs municipaux.

— Mince ! dit Hugh.

— Et comment faire mieux ? reprend Miss Ridge. Les hommes n'ont aucune qualification. Les femmes ne conçoivent pas qu'on puisse balayer chez autrui. Il y va non seulement de leur dignité, mais de celle de la patronne. Savez-vous ce que m'a répondu Flora Beretti, à qui je proposais une place de femme de journée ? *Je ne vais pas vexer le mari en lui montrant que son épouse n'est pas capable de tenir sa maison. Ce n'est pas un service à lui rendre : il faut qu'elle apprenne.* J'ajoute que nos travailleurs ne comprennent rien à la paperasserie sociale, aux retenues fiscales, aux syndicats. Je n'en finis pas de débrouiller pour eux ces questions. Au surplus, s'ils sont scrupuleux, ils sont lents et ils ignorent sereinement les horaires...

— C'est la même chose pour les enfants, dit Miss Gow. S'ils arrivent en retard, leur mère les couvre aussitôt : *Emma dormait, je n'allais tout de même pas la réveiller.* Mais comme leurs pères, au travail, ils trouvent normal de rester au besoin une ou deux heures de plus. Ça les gêne moins que de nous voir débiter le temps par tranches, comme un melon...

— Il serait temps de conclure, dit Lady Hawerell, regardant sa montre.

Elle s'est levée et tortille un peu le cou. L'attention devient plus vive, quand elle rouvre la bouche :

— Ce que j'apprécie le plus dans notre œuvre, dit-elle, c'est son absence de vanité. Vouloir n'est pas pouvoir.

Le père Klemp esquisse un geste large.

— Non, mon père, pas de bénédictions ! Un bon séjour à l'hôtel n'a jamais intégré personne. Or, c'est toute la question et nos amis ne montrent pas, à cet égard, de facilité.

— Ni d'enthousiasme, murmure Colin McCortell.

— Ils ont abandonné leurs bas blancs, dit Miss Gow.

— Mais pas leur mentalité, dit Miss Ridge.

— Comment le pourraient-ils ? dit l'administrateur. Pendell leur a évité un contact brutal avec une société trop compétitive. Il faudra bien qu'ils y entrent, mais ils n'y arriveront jamais dans ce pensionnat. Walter me disait hier : *l'homme a une peau, la famille a une maison.* On se tromperait si, les voyant communautaires, on croyait les Tristans grégaires. Ils veulent rester ensemble, c'est vrai. Mais chacun chez soi.

— Je les trouve un peu exigeants, dit Colin McCortell. On n'a jamais fait pour personne ce qui a été fait pour eux.

— Ils le savent, dit vivement Don. Mais avons-nous fait ce qu'il fallait ? Chacun juge des nécessités d'autrui d'après les siennes. On dit à Tristan : *le chien ne comprend pas que la vache aime l'herbe.* Qui reprochera à ces gens d'être inadaptés ? Un autre proverbe vous le dira : *le phoque, sorti de l'eau, devient un pauvre animal.* C'est nous qui avons décidé d'évacuer l'île. On ne fait pas les choses à moitié. Remettons le phoque à l'eau.

— Bien, fait Lady Hawerell. Il fallait que ce fût dit.

Son coup d'œil, complice, édifie l'infirmière-major.

— Avouez tout, Don, dit-elle. Vous avez votre plan.

— Un projet, oui. Si nous arrivions à reloger les réfugiés près de la mer, dans un village un peu à l'écart, où chaque famille ait sa maison et chaque homme du travail... je ne dis pas qu'ils s'intégreraient, mais ils auraient au moins une chance d'y parvenir et la satisfaction de ne plus être à charge.

Lady Hawerell tourne la tête de droite à gauche pour recueillir l'approbation unanime des mentons.

— Mais ce village ? dit Miss Gow.

Don et Lady Hawerell sourient en même temps. Pièce montée, pardi ! à l'usage de Hugh Folkes.

— Certains avaient pensé à une île d'Écosse, dit l'administrateur. A quoi bon ? Ce n'est pas la leur et il y fait trop froid. Mais je pense avoir trouvé. Oh, ce n'est pas idéal, ce n'est qu'un mieux ! Les quartiers familiaux de la R.A.F., à Calshot, sont inoccupés. On en reconstruit d'autres, plus près de la Base. La mer est proche, la région truffée de chantiers navals. Si les ministères intéressés arrivent à un accord, nous avons une chance...

Il regarde Lady Hawerell qui regarde Hugh et abat son jeu :

— Voilà, dit-elle, une belle occasion pour un journal de se rendre utile en mobilisant l'opinion.

Christmas approchait. Mais les cierges précédèrent les lampions. Dorothy Twain mourut un mercredi matin et le soir même Maureen Beretti : toutes deux de pneumonie. Le surlendemain c'était le tour de Stephen Grower, succombant à une hépatite virale. Trois fois, dans la consternation générale, assortie au brouillard noirâtre que trouaient les flashes des photographes, les deux tiers des réfugiés — le dernier surpeuplant l'infirmerie — se retrouvèrent au cimetière de Blechingley devant des tombes gluantes, où Walter jeta une poignée de cette maigre terre de Tristan dont, à la dernière minute, lors de l'abandon, il avait rempli une boîte à lait.

*

Et puis la neige tomba, toute une nuit : cette neige que les insulaires n'avaient jamais vue que de loin, tapissant en hiver le sommet du pic Mary. A l'aube, tard venue et qu'étouffaient des nuages bas chargés d'autres flocons, l'ennui, la tristesse se réveillèrent sous cette espèce de pansement à travers quoi saignaient les cheminées de briques. Comme beaucoup d'autres, Susan et Baptist, le nez écrasé sur la vitre, refusèrent d'entendre l'appel des cuillers tintant dans les bols du réfectoire. Les enfants mêmes, pour traverser la cour et gagner l'école, n'eurent pas assez de genou pour retirer les pieds. L'entrain des jeunes bénévoles, qui se fusillaient de boules, ne put les gagner. Ils restaient gourds, soufflant sur leurs doigts glacés par le premier essai. Aucun ne voulut s'associer à la construction d'un bonhomme, entreprise par deux éclaireuses qui, dépitées, l'abandonnèrent, encore manchot et implorant le ciel de ses yeux de charbon.

Elle tint six jours, cette neige, avant de tourner en gadoue et d'inspirer Simon, satisfait de voir fondre les derniers lambeaux blancs.

— Tu as fait des frais pour rien, ma fille. On n'épouse pas.

*

Et la semaine suivante ce fut enfin Noël : un vrai, pailleté de givre et pourtant un Noël à rebours pour des gosses habitués à le fêter au début de l'été. Un Noël avec dinde, volatile localement plus connu que le puffin. A l'exception des clochards de Londres rassemblés autour des roulantes de l'Armée du Salut, le déshérités du Royaume firent un peu les frais de la fête. Réveillée par les gros titres (du genre : *Auront-ils bientôt leur home ?*), par les vœux de la radio, par la séquence télévisée de la « crèche de Pendell », par l'initiative d'un grand journal relançant une collecte d'accrochage au sapin, la compassion à la mode mit la poste en péril et fit pleuvoir tant de cadeaux sur le camp qu'il fallut discrètement en redistribuer aux œuvres du comté ; notamment une demi-tonne de confiserie hautement préjudiciable aux quenottes d'une marmaille sans défense contre le sucre et vainement défendue par les consignes de Violet Grey qui protestait, qui consignait dans le rapport : *Attention, mesdames ! la distribution intempestive de bonbons est en train d'édenter les enfants des pays sous-développés.* Chocolats, fruits confits, dragées, pâtes de coing, berlingots, caramels, il en resta, malgré tout, deux cents livres : de quoi carier le sourire de vingt orphelinats

Quant aux sabots, Lady Hawerell, n'ayant pour les bourrer que l'embarras du choix, l'avait décidé uniforme et raisonnable. Rien pour les adultes, sauf des objets utiles et des vêtements chauds. Pas de réveillon, pas de danse, pour respecter le deuil des familles, presque toutes éprouvées par les pertes récentes. Il n'y eut qu'une fête d'enfants, précédée tout de même d'une homélie de Walter exaltant les vertus de Don Isley, nommé officier de l'Empire britannique en raison des services rendus lors de l'évacuation. La seule surprise, organisée par la presse — qui en tira bien cent clichés pour attendrir l'Anglais moyen — fut l'arrivée du Père Noël sur un traîneau fleuri de houx et tiré par deux poneys à tête empanachée. Il produisit, le barbu, quelque flottement et même chez les tout petits une panique. Personne n'avait jamais entendu parler de ce vieillard en houppelande rouge, aux postiches de coton, portant sur le dos une vendange d'étrennes. Miss Gow, soucieuse d'expliquer, bafouilla, découvrant la difficulté d'exclure toute concurrence entre saint Nicolas, le petit Jésus, le père éternel et ce figurant grimé à deux livres par jour. L'innocence resta béante, comme les parents, mécontents de voir s'égarer la gratitude de leurs enfants, fût-ce au bénéfice du ciel.

— Pourquoi leur mentir ? demanda Susan.

Mais ces réticences, jointes à la gêne croissante d'une tribu habituée à l'entraide plus qu'à la charité, se volatilisèrent quand, après avoir offert à Lady Hawerell un pingouin miniature, à Don un encrier en forme de cône volcanique avec un godet enfoncé dans le cratère, à d'autres des mocassins, patients produits de loisirs forcés, Walter remonta sur une chaise pour crier :

— Deux nouvelles ! La B.B.C. vient d'annoncer, il y a cinq minutes, qu'après l'intervention d'une haute personnalité notre transfert à Calshot était décidé pour la première quinzaine de janvier...

Il dut s'interrompre. Les questions fusaient de toutes parts. Enfin, au bout de cinq minutes, il put continuer dans un silence relatif :

— Vos maisons auront trois pièces. Vous bénéficierez de la priorité d'embauche. Il y a un port, des bassins de radoub, des ateliers de carénage à proximité... Allons, laissez-moi finir ! On annonce aussi que la *Royal Society,* afin d'étudier scientifiquement les causes comme les effets de l'éruption de Tristan, va tenter d'y débarquer une expédition de douze membres, dont deux guides à choisir parmi nous. Les volontaires sont priés de...

Il se tut pour éclater de rire. Tous les hommes levaient le bras en se précipitant vers lui.

*

Une heure plus tard, dans le bureau de la permanence, seule, un peu vexée par le spectacle d'un Walter lancé en l'air par les siens, voltigeant d'épaule en épaule, Lady Hawerell annotait son cahier, pour la dernière fois :

Associons-nous à la joie qu'ont manifestée nos amis à l'idée de quitter le camp. Elle ne juge pas nos efforts. Elle en confirme le sens. Rappelons tout de même que la souscription nationale a dépassé 19 000 livres, qu'il a été fourni 4 000 heures de travail bénévole par le Service féminin et environ 1 500 par la Croix-Rouge du Surrey. Au moment de passer le flambeau aux sections du Hampshire, il n'est sans doute pas inutile de le rappeler...

Elle reposa son stylo, se relut, rougit et soudain déchira la page.

3. L'essai

Dominée par l'unique pin qui en marque le centre, la plage de Calshot, à l'exception de quelques mouettes piétant sur le gravier, un peu vaseux, parsemé de bouteilles de plastique, d'écorces d'oranges, est déserte. Elle crisse sous les pas de Baptist et de son oncle Simon, flâneurs du samedi, qui reniflent le norois et de temps à autre d'un gros coup de soulier shootent dans un galet.

— Calme ! fait Simon.

Bien sûr cette solitude n'a rien de vrai, d'accordé au désert infini de l'océan, comme celle des baies de Tristan. Le décor reste surpeuplé de présence humaine, comme l'est un logement provisoirement vide de ses locataires. Entre la route qui file jusqu'à la base aérienne embarbelée de toutes parts et la grève parallèle où meurt le clapotis de la *Solent* s'alignent une foule de barques de vacanciers qui s'appellent *Summertime* ou *Seasound,* quand elles ne sont pas, plus modestement, pourvues d'un numéro.

— Qu'est-ce que c'est ? dit Baptist, le doigt pointé vers un cube de béton, souillé de goudron, qui émerge du bras de mer, juste en face de l'île de Wight, verdâtre et encensée de fumées.

— Un blockhaus, je pense, dit Simon. Il en reste autant que de cratères chez nous.

Trois pas. Six pas. Tac, un galet s'envole, qui va en percuter un autre.

— Ce chanceux de Joss ! dit Baptist.

— Il y sera dans cinq jours, soupire Simon.

Vingt pas jusqu'au coude de la plage. A gauche, sous les murs et les bois d'un castel, la route tourne aussi, surplombée par le chalet du *Beach café,* bleu et blanc, couvert de panneaux publicitaires qui vantent *Coca-Cola* et *Wallis ice-cream.* Simon hausse les épaules en remontant le talus, prend à droite vers le camp. Il grogne :

— Si ça se trouve, on s'en conte et Joss va crever de rage en trouvant tout cassé.

— Au moins, pendant trois mois, il ne lavera pas de voitures, dit Baptist.

— Plains-toi ! dit Simon, le coup d'éponge, ça paie.

Que les dirigeants de la *Royal Society* aient parmi tous les hommes choisi Joss — avec Ulric Ragan — pour servir de guides à l'expédition, Baptist en reste flatté. Il l'est moins de son travail dont il s'étonne qu'il lui permette pourtant de gagner trois fois plus d'argent qu'à la barre de la *Mary-Anna.* Quel emploi pour un marin ! L'argent ne rembourse pas la dégradation. Baptist rumine. N'a-t-on pas reçu, ici encore, plus que le nécessaire ? Ils en font trop, ces Anglais : précis, pressants, le cœur dans la tête, cotant avec ferveur le cours des bonnes actions. Vont-ils réussir ? Ça, c'est une autre histoire. Calshot, ce n'est plus un hôtel, comme Pendell ; mais c'est encore un village occupé par une armée de secouristes. Neuf hôtesses : chacune manœuvrant trois adjointes, sans compter les bonnes âmes de Romsey, de Totton, venues à la rescousse. A l'arrivée tout était net, luisant, équipé : des casseroles aux rideaux, de la vaisselle aux fourchettes. Le déjeuner attendait sur le feu dans chaque cuisine : ragoût, pommes, crème, fruits ; et on avait distribué en sus trois cents babas offerts par le boulanger du coin, soucieux de son âme éternelle. Les caves étaient pleines de charbon, les placards de vivres, renouvelables et en effet, renouvelés dans la semaine pour tous les chômeurs. Cantine pour les célibataires. Dispensaire permanent. Bureau d'embauche sur place, s'évertuant à caser cent trente candidats. Brigade de bon conseil pour visiter les ménagères. Brigade d'encadrement pour amuser la marmaille.

Brigade d'accompagnement pour piloter tous égarés vers le travail, les courses, la promenade, jusqu'à parfaite connaissance des lieux...

— Un job, ça peut se changer, reprend Simon, une main sur l'épaule de son neveu. En voilà sept qui travaillent aux bateaux.

— Un job, oui. Pas le reste ! dit Baptist.

Cinquante pas. Le seul avantage du provisoire est de suspendre le définitif. Tel n'apparaît plus l'avenir qui rend ainsi Calshot plus détestable que Pendell. Il faudra vivre ici et sans doute y mourir. Comme Baptist approche de la cabine téléphonique, plantée sur le bas-côté, deux garnements, qui jouaient avec les écouteurs, se sauvent à toutes jambes.

— Ils ne sont pas à nous, dit Simon.

De toute façon, la communauté qui s'embrouille dans les pièces ne se sert jamais de l'appareil. Pour téléphoner à qui ? L'oncle traverse la route, passe devant les garages encore marqués *M.T. Flight*. La porte grillagée est ouverte. Le long de la chapelle Saint-Georges, au toit de bardeaux violets que frôlent les branches d'un cerisier, le père Klemp va et vient en compagnie du père Read, recteur de Fawley : ils haussent la tête, la branlent amicalement, la rentrent dans le col très blanc qui les résume. Peu de monde dans les avenues comme sur les ronds-points : des femmes emmitouflées traversent d'une porte à l'autre, portant qui un bébé, qui une bouilloire fumante. Simon pousse jusqu'au tableau d'affichage dont le cadre de bois vitré est fermé à clef.

— Voyons, dit-il.

Pluriel poli : Baptist ne sait pas lire. L'oncle marmonne pour lui. Deux annonces de mariage : celle de Tony et Blanch, qui n'habiteront pas leur maison ; celle de Paul et Thea qui, n'ayant plus à bâtir la leur, peuvent brûler l'étape. Une note au sujet des loyers, gratuits jusqu'à la seconde paie. Une autre au sujet des inscriptions électorales, *Calshot constituant désormais le domicile permanent prévu pour l'exercice du droit de vote.* Enfin sur cartoline, entre quatre punaises, une offre de l'usine frigorifique de Lymington : *on demande quinze jeunes femmes ou jeunes filles pour manutention...*

— J'enverrai Amy, dit Baptist.

Mais Simon découvre un dernier avis et jure :

— Bon Dieu ! Encore leur paperasse...

Et le voilà qui file, rembruni, vers la maison qui lui est échue au bout de l'allée des Tilleuls et où il habite avec sa mère, la doyenne, presque en face du cottage de Baptist. Mais ni l'un ni l'autre ne dépasseront le milieu de la travée. D'une maison pareille aux autres, rigoureusement parallèle à la vingt-deux comme à la vingt-quatre, pourvue comme elles d'un toit d'amiante, de six fenêtres égales, d'un soubassement goudronné qui endeuille le crépi gris, sortent soudain, par l'entrebâillement de la porte de pignon, une barbe et un bras.

— Simon, et toi aussi, Baptist ! On vous cherchait.

C'est Robert qui racole deux *Hill men.* Le conseil ne siège plus, ès qualités. Un conseil est territorial et le Hampshire a le sien qui ne saurait tenir compte de résolutions ni même de vœux exprimés par des hommes devenus citoyens du comté. C'est un des aspects — et non des moindres — de l'intégration, qui dépouille Walter de toute autorité. Mais Calshot reste, en somme, une commune libre.

Oncle et neveu obliquent, suivent Robert vers les *How you is* réglementaires. Walter est là, qui tire sur sa pipe. Et son frère Abel. Et Ned. Et la grosse Agatha, empaquetée de fichus. Et quelques autres. Autour de la théière en porcelaine de Hong Kong, dont le bec s'allonge de vapeur. A vrai dire, la moitié des tasses, elles, s'ornent d'un fond de scotch. Simon empoigne la bouteille, s'envoie « le coup de semonce » ; il a toujours bu sec, mais le samedi seulement. Robert pousse devant lui le journal du jour.

— Vu ? dit-il.

En seconde page s'étale un long titre : *People of Tristan introduced to form filling,* sous quoi très docte, tâtant du droit et du dogme, séparant le nom de la personne et l'existence de son constat, Philip Hacklett déclare incroyable qu'en plein xxᵉ siècle aient pu encore respirer — avec les Papous et les Pygmées — des Britanniques sans papiers.

— Je sais, fait Simon, on n'existait pas. On ne pouvait pas prouver qu'on était soi.

— Il y a cinquante millions d'Anglais, murmure Abel, hilare. Ça ferait beaucoup de bonnes gueules, ici, à retenir de mémoire.

Les visages sont très raisonnables, mais les paupières se plissent sur des yeux brillants, braqués sur le « diseur ». Allons, Simon, un petit coup de salive pour donner à tes pairs l'illusion d'être encore ce qu'ils étaient ! Nouvel appel à la bouteille. Simon se reverse un quart de tasse, s'en jette le contenu entre les dents et lance, à mi-voix :

— Sauvages ! Qu'est-ce que vous croyez ? Vous voilà en pays civilisé. Qu'est-ce qui emballe toute chose pour la rendre coquette ? Le papier. Qu'est-ce qui vaut des milliers de fois son poids d'or dans un billet de 100 livres ? Le papier. Dans le bouquin, le journal, l'affiche, qu'est-ce qui vous apprend tout ? Le papier. Il dit, celui-là, qu'il s'appelle Walter Beretti. La preuve ? Les chiens mêmes, en Angleterre, ont un pedigree, avec des tampons dessus...

— Blague à part, dit Walter : nos registres, c'est tout ce que nous avions. Nous arrivons tout nus.

— Nous serons vite rhabillés ! dit Ned. Les enfants, ma femme et moi, à nous cinq, pour l'école, l'usine, la mairie, les assurances et le reste, nous avons trente-cinq questionnaires à remplir.

— Et ce n'est pas tout, dit Franck.

— Quoi encore ? Au secours ! crie Baptist.

C'est Agatha, qui, cette fois, étend le bras et glisse sous le nez de Simon un hebdomadaire, où se détache la photo d'un chauve parfait : le « célèbre biologiste Conrad Holenstone, du laboratoire universitaire de Newcastle ». Simon, comme d'habitude, lit aussitôt à haute voix :

*LES SAVANTS S'INTÉRESSENT A TRISTAN. Si
l'on en croit le rapport publié à l'issue de leur séjour à
Pendell, la réputation de santé des insulaires serait surfaite.
En dehors de l'asthme, fréquent, on a découvert chez eux
plusieurs cas de rétinite pigmentaire, affection grave due à
un gène récessif renforcé par l'endogamie. Le professeur
Holenstone propose de saisir la chance qu'offre à la science
l'observation d'un groupe isolé à généalogie restreinte. Il va
demander aux insulaires de bien vouloir se prêter à une
série de tests et d'examens, dont l'intérêt pour l'étude de la
génétique humaine est évident.*

— La presse, la médecine, décidément tout le monde
nous prend pour des cobayes ! dit Simon.

Mais la massive Agatha, qui a l'âme scoute, sursaute si
vivement que sa petite cuiller tombe à ses pieds. Elle se
penche pour la ramasser et sa voix rauque filtre à travers
les franges de son châle :

— Nous ne pouvons pas refuser. Aidés comme nous le
sommes, de quoi aurions-nous l'air ?

— Elle a raison, dit Robert. Ça m'enrage assez de tout
recevoir et de ne rien rendre.

— Si nous parlions de l'École du soir... dit Ned. Tu
nous as bien réunis pour ça ?

— J'y arrive, dit Walter.

Il semble embarrassé. La communauté s'est toujours
crue privilégiée : l'élue de la sagesse en un havre de
grâce. Mais comment nier que ses membres ne soient plus
en Angleterre que des tâcherons malhabiles ? La vieille
polyvalence, l'expérience qui faisait d'eux d'étourdissants
dauphins ne servent plus à rien, les abandonnent aux
emplois de manœuvres. La chute de leurs paupières ne
voile pas le problème ; ni le silence du conseil qui
toussaille.

— Ce que nous savions, reprend Walter, nous suffisait.
Mais ce que nous ignorons nous manque. Tant pis pour
nous, les vieux ! Mais nos jeunes ont la vie devant eux. Il
faudra qu'ils se reclassent. Un inspecteur du travail est
passé au bureau pour relever les noms de tous les garçons

de dix-huit à trente ans, mariés ou non. On parle de stage...

— Attention ! dit Simon.

Il ne sourit plus, il n'a plus du tout le même ton, il s'est relevé, il répète :

— Attention ! Des cours du soir, c'est parfait ; et pas seulement pour les jeunes. Mais si les garçons sont envoyés dans des centres, ils seront ensuite casés à la demande, n'importe où, ce sera la dispersion. Il faut savoir ce que nous voulons. Leur avenir peut-il se séparer de celui de la communauté ? Pour moi, les deux se valent. Mais si vous pensez que de toute façon nous ferons comme le sucre dans le thé...

— Un jour ou l'autre, forcément ! dit Abel.

— Non, lancent quatre voix.

Ils ne sont plus du tout raisonnables, les visages, mais fermés, butés.

— Chacun est libre, dit Abel.

— Oui, admet Walter, mais n'encourageons personne à nous quitter.

— Je pensais bien, dit Simon, que ce serait la grande épreuve.

Il se tait, s'approche de la fenêtre et ses rides se détendent. Escortés par deux filles de Fawley — qui les suivent, haletantes — trente enfants rentrent d'une excursion, les genoux aussi vifs qu'au départ. Ils braillent à tue-tête une scie de louveteaux :

> *Sing a song of six pence,*
> *A pocket full of rye ;*
> *Four and twenty black-birds*
> *Baked in a pie ;*
> *When the pie was open'd,*
> *The birds began to sing...*

Que seront donc ceux-là, qui chantent comme de petits Anglais ? Simon sourit. Un merle, qui se préfère cru, s'envole à trois pas d'eux pour aller se percher au sommet d'un tilleul.

L'avantage de Calshot, pour Hugh Folkes, c'est sa proximité. Un saut dans le bus et il y est : l'aller et retour ne lui prend pas deux heures. L'enthousiasme national pour Tristan n'est plus d'actualité. Mais depuis que les insulaires sont installés dans le comté, le camp est devenu un de ses monuments publics, une curiosité permanente, une mine d'anecdotes et même (Hugh n'a pas hésité à l'écrire) « un laboratoire où se poursuit une expérience de transmutation ». Comme chaque semaine il pousse la porte du bureau...

— Encore vous, monsieur Folkes !

— Rien à signaler, sauf deux mariages.

— Et un communiqué au sujet de l'expédition.

Ces dames ont parlé à tour de rôle. Elles ont le visage en lune et leur ferme regard ne laisse ignorer à personne qu'elles aiment voir tourner les choses avec la même rondeur. Hugh les connaît bien. Vera Greenwood est la veuve d'un juge. Daphné Windeleen, son adjointe, appartient à une famille de brasseurs. Carol McMill, la secrétaire, professeur en retraite, a enseigné durant trente ans l'espagnol à Woolston. Ce sont des voluptueuses de l'action sociale, dont l'efficacité remue les faubourgs, mais n'envisage ni doutes ni détours.

— Je peux voir ce communiqué ? fait Hugh.

— Vous pouvez même le publier, dit Mrs. Greenwood. Miss McMill vient de le taper en triple exemplaire. Donnez-en un à Mr. Folkes, Carol. Puis vous irez afficher l'autre. On s'excite trop sur cette affaire. La nostalgie de nos protégés est compréhensible. Mais elle ne doit pas les détourner du seul but raisonnable qui pour eux, maintenant, est de se faire une place parmi nous. Une goutte de porto, monsieur Folkes ?

Hugh a fourré dans sa poche le feuillet de Miss McMill qui, s'armant d'une boîte de punaises, s'éclipse avec le double. Le porto, dont la bouteille a stationné trop près du radiateur, est chaud, comme la voix de Mrs. Greenwood qui, elle aussi, a son cahier de service et qui le feuillette, en mouillant son doigt. Aucun incident notoire, sauf un feu de cheminée. Pas de décès nouveau. Une mauvaise appendicite chez une fillette, transportée au *Chest Hospital*. Un accouchement. Une entorse. Malgré les affections des bronches, qui traînaillent, on peut dire que la santé s'améliore. Il n'y a plus vingt hommes sans emploi. Nul n'a déniché le Pérou, mais on travaille. Tous les enfants sont scolarisés : moitié à *Julian School* pour le premier degré, moitié à *Hardley School* pour le second. Attention particulière vouée aux jeunes gens. Formation accélérée prévue pour les meilleurs éléments. Sains loisirs assurés au Club de la jeunesse. Pour les personnes âgées, club *Darby and Joan*. L'excellent recteur de Fawley se dépense sans compter. La situation financière est bonne : malgré les dépenses d'installation, il reste plusieurs milliers de livres en provenance de la souscription nationale.

Hugh a tout noté, s'excuse et prend congé. En sortant il croise Miss McMill qui rentre, la boîte de punaises au creux de la main. Un coup d'œil au tableau lui montre que vingt personnes, surtout des femmes, sont déjà rassemblées autour d'Agatha. L'arrivée de Hugh, qui a manqué les premières phrases, ne la fait pas ciller. Elle lit lentement...

... *Embarqués à Simonstown sur la frégate* Transvaal, *les membres de l'expédition organisée par la* Royal Society (*mais financée en partie par le* World Wild Life Fund, *qui y participe pour £ 2 500*) *sont arrivés à Tristan le 29 janvier. Ils y resteront deux mois, campant sous la tente, à distance prudente du village.*

— Qu'est-ce qu'il reste des maisons ? demande une vieille.

— On ne dit pas, fait Agatha, qui continue : *Il s'agit pour les experts — vulcanologues, géologues, zoologues, botanistes — d'étudier l'éruption, ses causes, ses phases, ses effets, ainsi que la faune et la flore, qui comportent des plantes et des oiseaux rares, menacés par la perturbation du biotope. Un certain contrôle pourrait s'avérer nécessaire et les savants ont été dotés par la « Société contre la cruauté envers les animaux » d'un appareil destiné à supprimer, le plus humainement possible, l'excès de prédateurs. On précise que les buts de l'expédition, purement scientifiques, n'ont aucun rapport avec une recolonisation.*

La dernière phrase est tombée. Les regards s'entortillent. La même vieille tire une moue :

— Ils ne veulent pas le dire, mais ils ne feraient pas tant de frais s'ils n'avaient pas une idée derrière la tête.

— Ne prends pas la tienne pour la leur ! soupire Agatha.

Pour revenir du lointain quartier industriel de Mil-
brook, où le bureau l'avait placée comme serveuse dans
un snack, proche de l'usine des *Morgreen Metal Industries*
et — bon repère — d'une chandelle de vingt-cinq étages,
tous les soirs, Jenny Twain sautait dans ce fichu bus,
toujours bondé, qui commence par traverser le cul-de-sac
de la *Test River,* sur le *Red Bridge,* au nom curieux,
puisqu'il est peint en bleu. Elle ne savait pas très bien, au
début, à quoi pouvaient bien servir les gazomètres de
Totton. Fille d'une île aux arbres nains, elle s'étonnait
que les peupliers, au bord de l'eau, ne fussent pas brisés
par la tempête. Cahotée, comprimée, écœurée, elle
détestait cette épreuve, bien plus dure que son travail,
et ne sentait son regard s'adoucir qu'en passant devant
ce groupe de cottages à toit de chaume, dernier cri du
snobisme suburbain, qui la faisaient rêver à sa maison
natale. A partir de ce moment la route s'engage entre de
petites haies bien taillées. Les gens commençaient à
descendre et le conducteur à se retourner. On s'arrêtait
devant le restaurant du *Cheval blanc.* Devant le dépôt des
armes amphibies, à Mulbury. Devant le presbytère, au
tournant de Dibden. Devant le passage à niveau de West-
Oak, s'il était fermé. A l'entrée de Hythe, là où l'on
aperçoit les terrains en cours de récupération sur le bras
de mer et, au-delà, fléchant l'autre rive, le gratte-ciel de
Neckly. Sur la place, aussi, en face du Hythe-Pier, cette si
longue, si longue jetée, qu'il faut prendre le minibus
service, un tram pour poupées, jusqu'à l'embarcadère. Le

conducteur se retournait encore à Fawley, sur la place ; puis à la raffinerie dont les cuves s'enfoncent dans leurs buttes de gazon. Et enfin, au-delà des prairies où broutent, pie-rouge, pie-noire, des vaches tout à fait semblables à celles du père Twain, il se retournait devant l'entrée du camp.

Terminus. C'est là que tout avait commencé. Entre le col strict et la raide casquette posée sur des cheveux de cuivre — le premier roux de Jenny, l'île n'en offrant aucun — en sept jours s'étaient succédé sept visages : celui d'un chauffeur qui attend, qui fait semblant de recenser son monde, qui insiste, qui lâche ses yeux, qui lâche un sourire d'essai, puis de connivence et qui, enfin, dit bêtement :

— Alors, vous êtes de Tristan ? Vous vous plaisez ici ?

Bref, quinze jours plus tard, au lieu de sortir avec les fils Glad, et plus précisément avec Bill, elle s'était retrouvée un dimanche, du côté de Lepe, dans un petit bois, le genou de John entre les siens et fort serrée, fort becquetée. John, il avait une façon de vous saisir par les épaules, de vous tourner comme un volant pour embrasser à gauche, pour embrasser à droite, qui emportait la conviction. Correct, avec ça. Très molle, Jenny, dans le cas contraire, se serait peut-être laissée aller. Une fille de Tristan, que la tradition — plus forte que le pasteur — laisse libre d'essayer ou d'attendre, elle dit oui, elle dit non, sans se préoccuper de sa sécurité. En un siècle, deux enfants seulement n'y ont pas eu de père et rares sont les garçons qui osent « couper la mèche » quand ils l'ont allumée. Il est vrai que tout s'y sait, que le choix n'est pas large, que le séducteur ne trouverait plus personne. Mais surtout sur ce roc où s'accrochent si fort l'algue contre la vague, la plante contre le vent, les sentiments ne sont pas les moins tenaces. Le sachant, la prudente, mais non prude Mrs. Greenwood n'avait pas hésité à rassembler les filles, au bureau, pour leur faire sur les dangers de la rue un cours assorti de statistiques chiffrant à 30 % l'insistance des galants britanniques trop tôt satisfaits. Bien !

Sans douter de ses sources, Jenny demandait à voir. Ce qui la gênait le plus, d'ailleurs, c'était Bill. Qu'il lavât des voitures, quand John les conduisait, l'argument restait nul. Qu'il fût le voisin, le cousin, l'ami d'enfance, le favori du père, l'appelant le plus fréquent à la danse du coussin, cette fois, c'en était un. Jenny, que devait-elle à Bill, pour une patience restée au stade du *Ça se pourrait,* murmuré par les mères qui regardent s'éloigner sur le même sentier celui-ci et celle-là ? Y avait-il, avec John, quelque chose de trahi ? Et si ce n'était Bill, n'était-ce pas tous les autres, privés d'une des leurs ? Deux douzaines de filles, en âge, c'est un petit lot. Jenny en convenait. Puis n'en convenait plus. Qui forçait qui à ne vouloir que celles-là ? Des jupes, il y en avait des milliers dans le pays. On n'était plus dans l'île.

Au bout du mois, Jenny n'y tint plus. Ses parents ne lui demandaient pas de comptes, ne daignaient même pas remarquer ses absences. Mais la liberté, quand elle se cache, quand elle se tait, qu'est-ce donc ? *Franche comme bas blanc, même quand elle l'ôte,* disait la grand-mère. Profitant un soir de l'absence de ses sœurs, parties au club, Jenny rejoignit sa mère dans la cuisine et saisit un couteau

— Il faut que je te dise...

Et tranquillement, jouant de la lame pour allonger l'épluchure et de la pointe pour retirer les yeux noirs des patates, elle lui raconta tout, puis se tut, laissant les choses aller et les légumes cuire.

— Ça devait arriver, dit Susan, en mettant le couvercle.

— Tu as oublié le sel, dit Jenny.

Paisible, mais le front tout rétréci sous la barre de cheveux gris, sa mère se frottait les mains, lentement, l'une contre l'autre.

— Et Bill ? reprit-elle.

— Bill, quoi ? Je ne lui ai rien promis. Quand il y a deux garçons, la fille décide.

— Oui, dit Susan, c'est toujours à qui donne de choisir

qui prend. Réfléchis, quand même. Ça va faire crier.
Suppose que toutes t'imitent...

— Et après ? fit Jenny.

Elle sortit brusquement, sans même prendre son manteau neuf, acheté sur sa première paie. Le froid lui
mordait les jambes, fraîchement gainées de nylon. John
l'attendait, planté sur la digue. Mais, avant de l'atteindre,
Jenny s'arrêta une seconde, à la fois soulagée, médusée,
inquiète. Pas loin du réverbère, Ralph s'occupait d'une
inconnue, sûrement pas née sur les bords du Watron à en
juger par les nattes de filasse qui lui coulaient dans le dos.

Démonstration communautaire pour le double mariage : celui de Paul Beretti, fils d'Abel et Norma, avec Thea Glad, fille de Robert et Vera ; celui de Tony Grower, fils de Tom et Sally, avec Blanch Ragan, fille d'Homer et Olive. Les quatre mères étant respectivement nées Lazaretto, Glad, Twain et Grower, toutes les familles étaient dans le coup, toutes présentes, toutes satisfaites de faire bloc en public.

Venus en cortège du hameau de Calshot — sauf les mémés transportées en car — les mariés, leurs proches, leurs invités sont passés sous le porche de la petite église ogivale dédiée à Tous-les-Saints et dont la tour carrée plante de la pierre grise au milieu d'un cimetière gazonné. Ils se sont avancés entre les deux bâtons symboliques, *temporel* et *spirituel,* puis entre les deux rangées de colonnes trapues. Ils ont rempli complètement les quatre rangées de douze bancs à cinq places, toutes égayées de coussins multicolores brodés par une équipe de dames patronnesses respectueuses du symbole choisi par chaque fidèle. Ils se sont installés comme d'habitude, les hommes près du chœur, les femmes près de l'entrée, afin de pouvoir plus discrètement sortir pour les petits besoins de la marmaille. Debout, assis, agenouillés, relevés avec ensemble, ils ont entendu l'office, le prône, l'œil fixé sur l'envol des manches du révérend ou faisant la navette entre les deux bannières : celle des mères, bleue, semée de lis, et celle de la paroisse, rouge, avec la couronne et les palmes. Ils ont chanté par cœur tous les psaumes, sans ouvrir les psautiers. Puis l'orgue du bas-côté s'est mis à jouer la marche nuptiale et, mariés en tête, ils sont sortis sous les flashes des photographes embusqués derrière les stèles et dont l'un s'est exclamé devant la robe de Blanch, gonflée d'espérance :

— She has a bun in the oven !

Ils ont souri. Ben oui, Tony a fait ses preuves. Blanch aussi ; l'avance garantit le choix. Guillerets, ils ont continué à défiler jusqu'au croisement des quatre routes, qui marque le cœur de Fawley, pour s'arrêter devant le *Jubilee Hall,* la salle qui sert à tout : élections, kermesses, noces, banquets et dont le tarif est affiché à la porte : *journée entière :* £. 5. 10, *matin seulement :* £. 3., *piano en supplément* 0.5. Les curieux pointaient le nez aux fenêtres. Il en sortait de partout sur les trottoirs : de chez le coiffeur exaltant l'art capillaire français à l'enseigne de *La Petite Salon ;* du poste Esso ; et même de la succursale de la *Provincial Bank.*

— Vous arrivez à les comprendre, vous ? lançait le pharmacien au locataire de Jasmin Cottage.

— Ils vont voter comment, à votre idée ? demandait le garagiste.

Certains agitaient la main. D'autres regardaient un peu en dessous cette sortie en masse d'une clientèle modérément consommatrice. La cohésion du groupe devant tous rassemblé et par la cérémonie même exalté, rassuré sur son devoir, tous les badauds la ressentaient.

— Ils restent très entre eux, vous savez ! soufflait l'épicière dans l'oreille de son voisin.

— Une île forcément, fit l'autre, ça resserre tout. Allez voir aux Orcades ! J'y ai passé mes vacances...

— Vous me croirez si vous voulez, reprenait l'épicière, il y a une gamine d'ici qui fréquente un des leurs. Ses parents ne disent trop rien. Ce sont ceux du garçon, il paraît, qui rechignent.

Cependant s'exilant dans sa joie, ignorant ces murmures, ces sentiments confus — où se mélangeaient la curiosité, la sympathie envers le malheur, l'intérêt de la boutique, la tradition secouriste, tempérés par la méfiance envers l'aubain, la peur du mélange, l'agacement de la savoir partagée —, Calshot-Camp s'enfonçait dans le *Jubilee Hall,* devenu pour un jour le lieu d'élection d'une sorte d'exterritorialité, souriante, mais déterminée. Qu'à de rares exceptions les réfugiés fussent désormais habillés, cravatés, chaussés comme tout le monde, cela ne fut point remarqué. Qu'il y eût parmi eux, comme invité d'honneur, le pasteur de Fawley et non le père Klemp, nommé ailleurs, comme d'après le journal venait de l'être, à l'île Maurice, Don Isley, *M. B. E., ancien administrateur de Tristan,* cela non plus ne fut point noté. Ni par ceux du dehors ni par ceux du dedans.

Après le repas, après les chants, après les vœux de Walter, après l'annonce du cadeau offert par le Fonds national — deux roulottes-camping, maisons mobiles dont nul ne pouvait deviner la symbolique — la bonne photo allait pourtant être prise : celle de la ronde traditionnelle autour des jeunes mariés : cercle fermé, anneau de plus, concentrique au leur, mais inscrit par hasard à l'intérieur d'un plus grand, le parallèle du 51° de latitude nord.

Ils se rappelleront sans amitié cette période. Ils en diront plus tard par la bouche de Simon :

— Les méchants mois ! Nous étions encore tous ensemble. Mais pour combien de temps ? Au nom de quoi ? Officiellement, Tristan c'était fini. Plus de pasteur à nous, ni d'administrateur, ni de responsables. Agnès était partie rejoindre sa fille et son gendre à Swansea. Trois hommes embarqués sur un cargo, deux autres placés chez un horticulteur, un couple embauché au Collège royal vétérinaire, cinq garçons en stage, d'autres en instance de transfert dans un centre de recyclage... On sentait tout s'effilocher. On ne voyait pas comment et certains même ne voyaient pas pourquoi résister à l'inévitable. Notre groupe après avoir été naturel, maintenu par des côtes, devenait artificiel, clos par un grillage, par la peur de se dissoudre parmi vous...

Il ajoutera même :

— Une réserve, quoi !

*

Et chacun, sans le vouloir, ne cesse de s'en persuader, d'en persuader les hôtes.

Voici un bataillon de biologistes, médecins, sociologues qui envahissent le dispensaire, y mettent en batterie d'innombrables appareils de mesure ou d'analyse, convoquent l'un, convoquent l'autre, les épuisent de questions, les accablent de tests.

Quelques-uns refusent. La plupart n'osent pas. Les résultats ne serviront qu'à nourrir des analyses de spécialistes. Mais quelques journaux, se fondant sur des ouï-dire, extrapolent. L'un d'eux, s'emparant du « quotient intellectuel », l'annonce *plutôt bas* tandis qu'un autre l'estime *faussé par la vanité de toute comparaison entre nos chiffres et ceux d'un groupe confiné, soucieux de valeurs manuelles.*

Et les patients, offensés, d'abonder dans le même sens. *Nous le savions bien, nous ne sommes pas faits comme vous.* L'intérêt scientifique, accroché à leur cas, ne fait que les confirmer dans le sentiment de leur étrangeté.

*

Au travail, même histoire, aggravée par le genre d'estime qu'on leur voue.

Le directeur de la *Marine Engineers Ltd* employait six d'entre eux. Il revient au bureau pour en redemander quatre au tarif le plus bas :

— Ce sont de braves gens, explique-t-il. Consciencieux, mais lents.

— Et vous en voulez d'autres ? s'étonne Mrs. Greenwood.

— On s'y retrouve à peu près, avoue le directeur. Ils n'arrêtent jamais.

Mais si leur « conscience » a des avantages, elle a aussi des inconvénients. Baptist fignole trop au gré de son garagiste.

— Quinze voitures, bon Dieu ! Liquide-les pour ce soir.

— Faut ce qu'il faut, dit Baptist. Si on veut que ce soit net...

— Lustre moins, fait l'autre. Le client n'aime pas attendre et, moi, j'ai besoin de place.

— Je resterai plus tard, fait tranquillement Baptist.

Le patron hausse les épaules et s'en va, sifflotant. Mais Ned se fera, le lendemain, accrocher par les mécanos :

— Pomme ! Tu gâches le boulot.

Ils sont toujours comme ça, les travailleurs du camp. Impossible de faire comprendre à Dora petite main dans un atelier de confection qu'il suffit pour poser les boutons de croiser quatre fois son fil, puisque de toute façon « les clientes les recousent toujours ». Inutile d'apprendre à Jenny, tirant la bière, la mousseuse technique du faux col. Ne comptez pas sur Loo, vendeuse au rayon de boucherie d'un supermarché, pour mettre de côté, en le facturant au prix de la bavette, le morceau de filet guigné par le coupeur. Intérêt souverain de la maison, courbette au client riche, passe-droit, coulage au bénéfice du chef... Pourquoi ? Walter se fait toujours servir le dernier lors des distributions, faute de quoi il rougirait de son mandat, aussitôt · contesté. Pas du tout réalistes, les Tristans. Intraitables et n'ayant même pas conscience de l'être. Hors du jeu. D'où la difficulté de leur conférer un grade. Simon, réparateur chez Sams qui du yacht au dinghy brade de l'occasion, avait été promu à la vente ; il connaît la question mieux que personne, il s'explique à merveille. Mais au premier essai l'idiot a commencé par annoncer la couleur :

— Prenez sans crainte, monsieur. C'est moi qui ai refait l'arrière qu'avait enfoncé l'étrave d'un cinq-mètres, aux régates.

Walter et Ned, seuls, sont contremaîtres : l'un dans une biscuiterie, l'autre à la raffinerie. Ils ont de l'autorité, mais non sous la forme habituelle : souple devant le supérieur, raide devant l'inférieur. Les chefs n'apprécient guère qu'ils plaident contre les cadences et les hommes encore moins qu'ils appliquent les consignes.

*

A l'opinion des ateliers se compare celle des populations : différente, selon qu'elle s'exprime par voie publique ou privée. Le mythe demeure : pour y être allé de sa larme et de son obole, nul ne voudrait dissocier les vertus de l'accueilli des vertus de l'accueillant. Mais rien ne fera qu'au lendemain de ses élans la compassion des foules ne se resserre et ne s'étonne. Naissent des articulets du genre : *Le magnifique effort fait pour trois cents personnes ne doit pas nous faire oublier qu'il y a dans ce pays des millions de malheureux.* Filtrent aussi des rumeurs imprécises. Sur le coût, sur l'enjeu : celui-ci paraissant sans commune mesure avec celui-là. Sur le vrai personnage du réfugié moyen : *Au fond, mon cher, un type plutôt retardé, ahuri de l'aventure.* Maigre souffle d'arrière-salle ! Mais la meilleure oreille pour s'y ouvrir, c'est justement celle des intéressés.

Et eux, aussi, ils ont leurs réactions.

Certes, on les verra toujours calmes, discrets, polis, la bouche pleine de mercis, l'œil seul disant hélas et le voilant de la paupière pour ne fâcher personne. Ils ont d'instinct compris que rien n'est plus scandaleux que de se sentir jugé par qui doit rendre grâces. Ils n'avoueront jamais le sentiment qui les habite : « *Vous dessus, moi dessous, n'est-ce pas ? Et dans un sens, c'est vrai. Mais si je vous dis que pour moi davantage n'est pas mieux, que je ne veux pas vivre comme vous, le nez bas, le boyau long, la main croche... figurez-vous, monsieur, qu'à mon idée les choses se renversent.* » Ne flattant pas, mentant mal, ne fracassant jamais, ils se taisent. Mais dès qu'ils sont entre eux ou entourés d'amis, ils se gênent moins. A défaut d'être féroces, ils peuvent devenir caustiques et, dans l'insolence de la seule naïveté, pénétrants...

Susan pose un plat de thon sur la table et se penche vers son mari :

— Dis, combien pêchais-tu de langoustes chaque semaine ?

— Ça dépend, dit Baptist. Mets cinquante, par bon temps.

— Et tu gagnais deux livres pour le tout... Eh bien ! à Fawley, c'est le prix d'une seule langouste. Tu vois ce que coûte le transport !

*

Ruth, d'abord plongeuse dans un restaurant (où l'air lui manquant, elle n'a pu tenir), maintenant vendeuse dans une épicerie, remet à sa mère sa première paie, dont elle n'a pas distrait un penny :

— Ça ira ? fait Winnie.

— Non, dit Ruth, ils ont trop de mains. Je trouve celles du patron sous mon corsage et celles du gosse dans la caisse... Ce matin, grosse histoire, c'est un billet de cinq livres qui avait disparu. Le patron refait les comptes et dit : « C'est juste » ! La patronne crie : « Non, je sais qu'il y était. Je l'ai ramassé par terre, après le départ de Mrs. Froog. »

*

Le professeur Holenstone s'agite, se désespère, bouscule ses patients qui ne sont jamais à l'heure. Il finit par s'en prendre à Walter, l'adjure d'intervenir :

— Je n'ai plus qu'une semaine pour finir mon rapport.

— Pourquoi une semaine ? fait Walter. Ce que vous cherchez, la science l'ignore depuis toujours et ce n'est pas demain la fin du monde. Quelle presse, ici ! Nous, on dit aux impatients : *Suppose que ton père t'ait fait cinq ans plus tard... tu aurais de l'avance !*

*

Invités pour le soir chez les Smith — dont la fille (ceci explique cela) est auxiliaire au camp — les Ragan regardent une pièce à la télé. L'âge ingrat, on le sait, désormais, c'est le quarante. L'héroïne, qui fut belle, se refait les yeux, rajuste son postiche, tend le cou pour diminuer le fanon et dans l'horreur toute moderne de soi, regardant sa petite-fille, s'exclame : « *C'est de la provocation ! Je ne peux souffrir en elle de retrouver mon visage... »*

— Idiote, tu continues, se récrie Olive.

Suit un débat confus, Mrs. Smith, grande lectrice de journaux féminins pour qui la moindre ride se combat par vingt crèmes, s'avoue très concernée par le drame de la dame. Olive dit qu'un vieux chien lèche mieux. L'image jette un froid. Mais Olive, soutenue par Philo, la fille de la maison, s'échauffe...

— C'est drôle ! Les gens du coin n'en tiennent que pour les jeunes, mais tous veulent le rester quand ce n'est plus le temps. Pas étonnant si les vrais se rebiffent ! Le joli museau, c'est leur seul privilège. Pas étonnant non plus si les faux se désespèrent ! Ils crèvent à petit feu d'être trahis par leur peau.

Mrs. Smith reste morne, mais Olive croit trouver une consolation :

— Pourtant, imaginez qu'on arrive à nous rendre mignons jusqu'au dernier soupir... Tout le monde l'étant, personne ne le serait et alors, vous pensez, ce sont les vieux croûtons qui se garderaient la mie.

*

Dans le bruit riche et lisse des pneus à bande blanche, le long de la digue, cent voitures pleines de nez écrasés sur les vitres s'en vont, tout doux, le dimanche, au roulement de promenade : et parmi elles, insolite, une bancaline dont un infirme tourne à pleins bras les manivelles. Samuel, qui marche à grands pas, la montre à Éva :

— Tiens ! En voilà un qui n'est paralysé que d'en bas.

*

Tous insistent, là-dessus. Une grue, un pont roulant, un bulldozer, voilà des engins dont n'a pas à rougir la vigueur d'un homme. Mais l'ascenseur d'un grand immeuble amène invariablement la saillie :

— Maintenant, dévisse tes jambes.

Le bus se prend : mais au moins pour trois stations.
Qu'il pleuve, gèle ou vente, Fawley se gagne à pied. Une
expression va naître qui désigne l'impotence :

— Le pauvre ! Il monte pour un ticket.

*

Rentrant de l'usine, Nevil feuillette un illustré spécial,
laissé sur la banquette de l'autocar. Son nez s'évase. Ce
n'est pas qu'il soit bégueule : la blague serait plutôt virile
dans le groupe et pas seulement entre hommes. Nevil lui-
même est un gaillard rarement seul le samedi. Il tend la
chose à Victor, son cousin, qui fait partie de la même
équipe :

— Ça t'excite ? demande-t-il, amusé.

— Non, dit Victor, j'aime trop déshabiller. Je me sens
volé.

— Ne crains rien ! Ceux qui lisent ça te laissent tout. Ils
n'ont que deux yeux dans leur culotte.

*

Agatha sur le sujet se montre plus austère. Mais si
dévote qu'elle soit, après la bombe atomique — pour elle,
comme pour tout insulaire, absolument luciférienne — sa
phobie, ce serait plutôt l'argent. C'est une très vieille
histoire qui remonte à cent ans de troc *où de la main à la
main avec le cœur dessus, en prime, s'échangeait le
nécessaire :* formule peut-être héritée, peut-être sponta-
née, car Agatha ne manque pas de trait, comme tous les
siens. La Bible qu'elle sait par cœur, conspue fort
Mammon, personnage un peu flou, le milliardaire ancien,
engraissant des veaux d'or. La même Bible au surplus,
avec la loi de Dieu, n'a-t-elle pas transmis, griffonnée
dans la marge, la loi du fondateur : *nul ne s'élèvera au-
dessus de quiconque.* Voué au signe plus, au signe moins,
l'argent nie cela. N'est-ce pas lui qui prétend rendre
légale, vitale, cette échelle des salaires où montent,

progressifs l'estime et le bonheur exprimés en chiffres, comme la chaleur en degrés Fahrenheit ? Une différence de un à mille, agressive, faisant passer les gens du vélo à la Rolls, de la guenille au vison — alors que toute sa vie, dans l'île, Agatha n'a vu aucune aisance passer du simple au double — c'est le scandale permanent.

Naïve porte-bannière ! S'ils l'entendaient, les petits-bourgeois de Fawley la croiraient syndiquée ou militante d'un parti d'extrême gauche. Quand elle longe l'affiche de l'emprunt, où l'on voit la Fortune sous les traits d'une pin-up survolant des usines neuves et vidant sur la tête de souscripteurs extasiés une corne d'abondance d'où pleuvent les souverains d'or, elle ne manque jamais de dire :

— Voilà le nouvel archange !

Certains sourient, bien sûr, mais dans les volutes noires que vomit la gueule des torchères de la raffinerie, dans les mille replis de ses oléoducs, elle n'est pas la seule à voir confusément les puissances du mal tortiller un dragon.

*

Mais tous, sans hésiter, sont d'accord avec Thea. Couturière à domicile, Thea pénètre un peu partout, en rapporte une chronique très appréciée de ses tantes, visiteuses étonnées de sa roulotte-camping. Savez-vous ? Mrs. Dudley laisse son fils lui crier : *J'en ai marre, Ursula, de ton pudding à la noix !* et son mari ne dit rien. Pas plus du reste que le Dr Chadwall, brave homme toqué de sa fille, que Thea a vue prendre la voiture juste au moment où son père venait d'être appelé pour une urgence. Incroyable ! Mais il y a mieux, Thea a lâché les Thorton — des clients d'Exbury, qui habitent la plus belle maison, bourrée de meubles, de lustres, de tapis, d'argenterie, je ne vous dis que ça. Elle ne les a pas lâchés parce que les Thorton sont trois, un monsieur et deux dames ; ni même parce que c'était l'une ou l'autre, parfois les deux

ensemble, tranquilles, pas gênées, que Thea trouvait avec
Mr. Thorton en arrivant le samedi, à l'heure où ce beau
monde flâne au lit. Après tout, ce n'était pas son affaire.
Mais ce qui l'a révoltée, c'est d'avoir vu, un jour,
Mr. Thorton jeter dehors, en lui criant qu'elle lui cassait
les pieds, une petite vieille toute blanche, sa propre mère,
venue lui rappeler doucement qu'il n'avait pas payé
depuis trois mois la pension de sa fille, apparemment
confiée, depuis séparation, à une troisième et véritable
Mrs. Thorton. Elle s'est sauvée sur l'heure, Thea, et
l'histoire a fait beaucoup plus de bruit au camp que
celle de Nola, attaquée un soir par des blousons noirs,
qui ne convoitaient que son sac à main. Terrifiées, en
vain dorlotées, les grand-mères ne cessent d'en reparler.

*

Chacun le sait : ce n'est là qu'exception. Mais c'est
possible ! Et si le temps, l'âge, l'effort, l'amour, la famille
l'argent n'ont ni le même sens ni la même valeur de part
et d'autre du grillage de Calshot, il y a plus grave encore.
Ceux-ci qui n'ont jamais été soldats, ni locataires, ni
serviteurs, ni inférieurs à quiconque, voilà qu'ils se
découvrent serfs. Vêtus, logés, nourris, chauffés, payés,
distraits, véhiculés, soignés, bénits, mais serfs.
Écoutez Ned, Baptist, Walter, Ralph, Simon, Paul,
Homer, Samuel et leurs pareils ! Écoutez Elias qui vient
de rentrer de l'usine, l'imper boutonné sur son bleu, par
l'autocar de 17 h 20. Nous répétons : de 17 h 20.
Il embrasse Cecily. Il se penche sur Margaret qui
commence à pouvoir s'asseoir dans son berceau. Il se
relève, il secoue la main droite, machinalement : cette
main qui a vissé — c'est le tarif de la chaîne — cinq cent
quarante boulons. Et soudain il aperçoit par la fenêtre les
jeunes feuilles des tilleuls, il oublie que le printemps n'est
pas le sien, il murmure :
— Alors, Elias, tu sèmes tes courges ?

Avant-hier, à la même heure, humant le vent, sur le pas de la porte, il avait grogné :

— Souffle, va ! Je ne dois plus savoir tenir un bateau.

Après-demain ce sera quelque autre allusion :

— Et pendant qu'on se crève, ils se la coulent douce dans l'herbe, nos bœufs.

Ou bien il s'inquiétera de son toit, un peu faible du côté nord, à moins que ce ne soit la tranchée pour la canalisation, restée en plan. Ce petit monde, où l'on pouvait, au lieu de répéter un geste, déployer chaque jour tous ses talents, il ne l'a pas quitté. Une fois, une seule fois, il s'est vraiment lâché pour dire :

— Tu te rends compte, Cecily, que nous étions nos patrons ?

Et ce jour-là, il s'est assis, dans l'ombre d'une encoignure, rêvant à ces miracles si peu connus des hommes : un jour qui suive l'autre et qui ne soit pas le même ; le choix de sa peine, accomplie dans la sueur du plaisir ; une vie si riche d'air que nul n'ait eu l'idée de la servir comprimée en trois semaines de vacances...

Ni, à plus forte raison, de la détester.

Voilà l'inattendu, la touche finale : tout le monde se plaint. Ce pays de cocagne est plein de mâts où s'accrochent sans répit de nouvelles ambitions. Et ça remonte et ça glisse et ça repart et ça retombe...

— Ils sont privés, dit Simon, tant qu'ils ne sont pas gavés ; puis dégoûtés, dès qu'ils le deviennent.

Toujours chercher, crier, courir, jouer des coudes, dépasser l'un, écraser l'autre, chanter le chacun pour soi au nom de Dieu pour tous, toujours recommencer et n'en jamais finir avec l'envie, avec l'ennui, avec les autres, avec soi-même, pourquoi vraiment ? Pourquoi, si les journaux, la radio, les passants, les amis répètent sans arrêt que le monde est mal fait ?

Au sociologue affamé de réponses, notant, cochant, mettant des croix, des chiffres dans ses cases et qui, changeant de tactique, lui demandait soudain : *Avez-vous des questions à poser, et dans ce cas lesquelles* ? Simon a jeté :

— Oui, j'en ai deux. Les Anglais, de quoi sont-ils contents ? Et s'ils ne le sont de rien, nous qui l'étions, comment le redevenir ?

Mais soudain dans ce marasme explosa l'allégresse.

Il n'était pas 8 heures et les moineaux piaillaient en griffant les gouttières, dorées par un soleil oblique. Sorti presque en même temps que Jenny, qui de son côté roulait vers John, Ralph descendait l'allée pour rejoindre Gladys, cette petite Écossaise, infirmière à l'hôpital de Hythe, qu'il ne se cachait plus de fréquenter. Il pédalait avec application sur un de ces vélos offerts par un magnat du cycle et dont les évolutions sous les tilleuls, lors des séances d'apprentissage, n'avaient pas manqué de pittoresque. Il allait atteindre la petite grille, quand deux voix de stentor lancèrent aux échos :

— Joss !
— Ulric !

Ralph s'arrêta pile, pour se retourner, un pied à terre, l'autre sur la pédale. Déjà par l'autre allée, les Twain sur les talons, Susan déboulait, les bras ouverts. Puis aussitôt apparurent les Ragan, serrés autour d'Olive claquant de la savate. De Joss comme d'Ulric, lancés en sens inverse, agitant de la main gauche leurs casquettes bleu foncé et tenant du bras droit, cahoté sur l'épaule, leur grand sac de marine, Ralph ne voyait que le dos. Puis il ne vit plus rien qu'une masse confuse, vite refermée sur eux. Leurs noms ricochaient de porte en porte, jusqu'au fond des clôtures. Des gamins en hurlant sautaient par les fenêtres. Les femmes hâtivement vêtues de robes de chambre, les hommes pas rasés ou comme Walter lui-même courant en manches de chemise, les vieillards petonnant entre deux

cannes, tous riant, criant, tourbillonnant, claquant des
mains, allaient s'agglutiner à l'essaim des familles. Ralph
hésita. Il osa hésiter. En songeant à Gladys. Mais Jenny,
elle, avait filé. Jenny, la propre sœur de Joss ! Choqué et
du même coup honteux de lui-même, Ralph laissa tomber
le vélo sur place. L'essaim refluait d'un bloc vers la salle
de réunion. A l'entrée, Ralph retrouva Bill, puis son père
dont le visage s'épanouit :

— Bien, fils ! dit Ned, sans plus.

— Joss a l'air tout en bois, dit Bill. Ça lui pèse de tout
dire, c'est sûr. Mais tu le connais : c'est le genre de type
qui se découperait le nez pour se venger de son visage, s'il
se voyait mentir.

Heureux et pourtant mal à l'aise en retrouvant les siens, Joss l'avait été bien plus encore de l'autre côté de la terre, en retrouvant son île.

A l'aurore, ce jour-là, il était sur le pont, accoudé au bastingage. Quel choc pour lui de voir apparaître à l'horizon ce triangle noir à pointe blanche, barré d'un trait rose vif ! Cet aspect de Tristan vu de loin, au lever du soleil, pour l'avoir aperçu cent fois lors des campagnes de pêche, il le connaissait bien. Mais la frégate, filant avec une rigueur de tire-ligne, s'était très vite rapprochée de la côte et cette côte, ce n'était plus la même. Au pied du cône perçant son auréole de nuages, il y en avait maintenant un autre, beaucoup plus petit, mais lui aussi pourvu d'un anneau de brume. Les escarpements verts, tranchés à vif par les failles, amputés par les écroulements, restaient reconnaissables. Mais au-dessous une longue cheire boursouflée, un mur de scories — vingt-cinq millions de mètres cubes, d'après les experts — tombait droit dans la mer.

On le lui avait dit. Déjà le 16 décembre deux spécialistes, amenés à pied d'œuvre par le *Léopard,* avaient tenté l'aventure. Mais ils s'étaient trouvés en face d'une bouilloire foudroyée par d'incessants éclairs, canonnée par les blocs jaillissant du nouveau cratère. Les laves, alliées à d'autres, vomies par une demi-douzaine de fissures, continuaient à se déverser, nappe sur nappe, directement dans l'eau mariée avec le feu, pleine de crabes, de poulpes, de poissons cuits et d'où fusaient de furieux jets de vapeur.

Depuis lors et sans autres témoins que les manchots, l'hémorragie s'était arrêtée, le cratère ne lâchait plus que des fumerolles. Mais il demeurait impossible d'accoster à l'est. Le *Transvaal,* lâchant ses ancres au large de la pointe Hottentot, avait dû expédier ses chaloupes vers ces anses du nord-ouest dont les abrupts dégringolant sur des matelas de galets, des semis de roches noyées, d'écueils enlacés de laminaires de cent mètres aux flotteurs gros comme des œufs, rendent les débarquements extrême-ment difficiles. Belle occasion d'ailleurs : là s'étaient retrouvés le coup d'œil, le coup de main des vainqueurs de brisants, endormis depuis des mois chez Joss et chez Ulric. Mais une fois à terre, sur le plateau familier, çà et là soulevé d'innocentes collines rondes — pour les experts vieux bubons volcaniques dont, à dix mille ans près, ils vous annonçaient l'âge — Joss avait été saisi : par le vide, le silence et l'immobilité. Insulaires sans île, île sans insulaires : l'habitat, l'habitant font un. Ah ! ce village intact, mais interdit, béant par toutes ses portes ! Et ce retour à la jungle des jardins envahis par de hautes graminées, des bêtes redevenues sauvages, les fortes jouant du sabot ou de la corne, les faibles affolées, massacrées par les grands albatros, par les chiens échap-pés au tir des hommes du *Léopard* ! Des charognes pourrissaient de tous côtés, puantes, couvertes de mou-ches bleues. Comrade, son âne, bien vivant, Joss l'aper-çut à la tête d'une horde fuyant vers les hauteurs. Mais l'ordre vint aussitôt de ne pas l'approcher, au nom de la nature désormais souveraine.

Tristan, pur sujet d'expérience ! Sept semaines durant Joss allait piloter ces hommes charmants, mais incompré-hensibles, indifférents à tout sauf à leurs instruments, extasiés par la trouvaille d'un caillou singulier, d'une petite plante sans nom. Ces terres, ces roches, ces falaises chargées de souvenirs n'étaient plus que basalte, andé-site, phonolite, trachyte, tuf ou scories plutoniennes. Le tussock s'appelait *poa*; la grande herbe, *spartina*; la confiturière à baies rouges, délices des enfants, *nertera*; l'arbre des îles, *phylica*; l'algue géante, *macrocystis*. Nul problème désormais sauf d'hygrométrie, de pluviométrie, de magnétométrie. Il arrivait, certes, qu'une tempête fît sortir parfois de la pure anémométrie un météorologue qui s'écriait, incrédule :

— Soixante-cinq nœuds ! Nous sommes en haut de l'échelle de Beaufort. Et vous viviez là-dedans ?

Le nouveau cratère, vite assoupi, après avoir fonctionné comme une soupape, les intéressait moins que ces records de souffle. Ils en arrivaient à écouter, bouche bée, Joss raconter de mémorables histoires d'ouragan. Puis la géologie, la zoologie, la botanique, avec le calme reprenaient tous leurs droits. Joss n'aimait guère l'approche rampante vers le cratère pour prise et analyse des gaz rejetés par les évents. La distraction, c'était plutôt le baguage : Ulric et lui, seuls, savaient attraper les oiseaux et dans une gloire de plumes les amener, palpitants, aux spécialistes qui dataient, bouclaient l'anneau et regardaient d'un œil tendre s'envoler le rôti en répétant dix fois par jour :

— Pas un *rail*... Quel dommage ! Ces aptères rarissimes semblent avoir disparu.

Leurs yeux disaient : vous les avez mangés. Regrettable, en effet ! Mais Joss leur en voulait de ne pas regretter les hommes.

*

Et maintenant il est là, pressé par les amis étonnés de n'avoir rien su de son retour. Ont-ils donc oublié qu'une lettre met des mois à venir de Tristan et que, du Cap, l'avion va plus vite qu'elle ? Descendus à Heathrow avec un jour d'avance, Ulric et lui se sont offert le plaisir de la surprise. Ils ont pu en trois heures rallier Southampton, de nuit, en auto-stop, puis sautant du premier ferry, croquer la route, une, deux, dans l'air frais du matin. Les embrassades passées, bien sûr, ils sont moins gais. Ils savent ce qu'ils ont vu et que ce n'est pas drôle à dire.

Mrs. Greenwood, qui ne devrait pas être là, qui a sûrement été prévenue par un coup de téléphone, n'a sans doute pas tort de s'inquiéter. Elle entend bien, comme Joss, bourdonner deux cents voix : *Puisqu'ils y sont allés, puisqu'ils ont pu y vivre, puisqu'ils en reviennent intacts... Alors ?* Pour elle tout est réglé. Ses protégés *s'insèrent ;* des couples mixtes se forment ; des habitudes se prennent ; le mal du pays devrait s'effacer et « nos braves gens » souscrire à la bonne vie anglaise qui surclasse de si loin celle d'un rocher perdu.

— Pourvu que ces garçons ne leur montent pas la tête ! souffle-t-elle à Abel, père de Paul, mais aussi de deux filles qu'elle a de bonnes raisons de croire gagnées à la cause du Hampshire.

Mais l'embarras de Joss qu'interpelle chacun et celui d'Ulric qui s'abrite derrière son compagnon la rassurent un peu. De toute façon, le rapport scientifique, au besoin, rétablira les choses. La radio sud-africaine d'après le médecin, qui l'a captée, aurait parlé de *déconvenues.* Mrs. Greenwood s'avance et, les mains en porte-voix, lance dans le brouhaha :

— Je pense que le plus simple est que les garçons montent sur la table pour répondre aux questions.

*

Et voilà Joss, qui piétine sur ce pavois, les bras ballants. Ulric n'a pas voulu. Il n'a ni le goût ni le don qui font le porte-parole. Vieux et vieilles sont assis, mais tous les autres debout, entourant le noyau du conseil instinctivement reformé. Mentons relevés, bouches closes : les bavards ont perdu leur salive. Walter amorce :

— Vous avez eu gros temps ?

— Un peu de tout, comme d'habitude.

— Vous campiez à l'Établissement ?

— Non, près des champs de patates.

— Pourquoi ? Le volcan crachait toujours ?

— Non, il est presque éteint, mais il pouvait remettre ça.

Longs murmures indistincts. Durant ce bref échange Walter s'est rapproché. Sa voix devient plus grave pour demander :

— Il y a beaucoup de dégâts ?

Joss, qui regardait ses pieds, se redresse :

— Il n'y a plus rien à l'est. Plus d'embarcadère, plus de plage, plus de conserverie, plus de station de radio. Au ras de l'antenne, tout est recouvert de lave.

L'assistance ne réagit pas. Joss continue très vite :

— Et puis autant vous le dire, il n'y a plus de moutons, plus de chats, plus de volailles. Les chiens attaquent même les pingouins. Il reste le gros bétail, devenu farouche et qui saccage les champs. Les rats pullulent : ils m'ont rongé mon sac et mes souliers. Un vrai gâchis...

Simon lève le bras comme un gosse à l'école :

— Et les chaloupes ?

— De ce côté, ça va, reprend Joss, ravi de fournir un détail consolant. Les gens du *Léopard* les ont tirées au sec et renversées sur l'herbe.

— Et les maisons ?

Le cri vient d'Agatha, ménagère passionnée, la seule à posséder une paire de patins sur un parquet ciré. Mais trente bouches le répètent et Joss semble étonné. Disons plutôt : contrit. Les maisons, c'est vrai, il n'y avait pas pensé, pas vraiment, pas en se disant que, devenues inutiles, elles étaient pourtant là. Parce que Joss est un jeune homme qui n'a bâti ni murs ni vie. Parce que la maison, pour le garçon, n'apparaît pas comme au père le bien, le lien, la capitale d'un très long quotidien. Autre bonne nouvelle ! Comme si la chose allait de soi, Joss fait, tout bête :

— Les maisons ! Ben, elles n'ont pas bougé.

— Non, dit Ulric, soudain saisi par l'envie de témoigner. La cendre a volé un peu partout. Il est même

descendu une coulée sur le village. Mais elle s'est arrêtée
à vingt pas de la maison d'Elias.

— Le toit a brûlé, précise Joss. Il était trop près pour
échapper aux escarbilles. Mais c'est le seul. Les savants
ont discuté là-dessus. Étant donnée la pente, la lave
aurait dû noyer le village. Mais au début elle sortait toute
pâteuse ; elle a poussé devant elle une espèce de bourrelet
et quand elle est devenue liquide, ce barrage l'a renvoyée
de l'autre côté, vers la mer.

Tandis qu'il parle, Joss voit devant lui changer tous les
visages et, sans même qu'il le sache, le sien s'accorde au
sentiment qu'ils expriment :

— Mais c'est le doigt de Dieu ! s'écrie Agatha.

Le doigt de Dieu : ce surnom va rester au talus
protecteur. Joss dérive. Persuadé d'avoir à dire : *Eh bien,
voilà, j'ai vu, c'est foutu !* il s'avise d'avoir péché par
désespoir. Entouré de scientifiques, pourvus de cottages
modernes dans l'Essex ou le Surrey, trouvant déjà
déraisonnable — comme tous les révérends — l'histoire
de Tristan et plus folle encore l'hypothèse d'un retour,
Joss s'est laissé gagner par leurs arguments. Ulric aussi,
d'ailleurs, qui maintenant regarde sans amitié Mrs. Greenwood, coupable du même doute :

— Si j'ai bien compris, dit-elle, les maisons n'ont pas
trop souffert, mais l'île est dans un tel état qu'elle devient
inhabitable.

Joss hoche la tête, indécis, bloqué par le regard des
siens. Oui, non, il ne saurait l'affirmer. Ce n'est pas à lui
de le faire.

— Mais enfin, reprend Mrs. Greenwood, avec un
volcan sur la tête, qui vient de crever, qui recommencera
sûrement...

— Il peut, dit Walter. Il pouvait déjà, il y a cent ans, et
nous vivions dessous, tranquilles.

— Les choses ont empiré, c'est sûr, accorde Simon. Le
débarcadère, l'atelier, les animaux perdus, voilà qui
donne à réfléchir. Mais il y a cent ans, aussi, il n'y avait
rien de tout ça. Ce que des hommes ont fait, d'autres

peuvent le refaire. Si le volcan n'a piqué qu'une petite colère...

— Nous sommes partis trop vite ! crie Samuel.

— Sans même avoir le poil roussi ! crie Olive.

— Et les gaz ? proteste Mrs. Greenwood.

— Vous avez raison, dit Simon. Il fallait évacuer. Mais je n'avais pas tort en demandant de rester sur Nightingale avec quelques hommes. Nous ne pouvions rien contre l'éruption. Mais nous aurions contrôlé le reste, en attendant.

— En attendant quoi ? De retourner sous un cratère pour lui offrir l'occasion de faire, la prochaine fois, trois cents morts ?

Erreur, Mrs. Greenwood ! Mieux vaut souvent faire semblant de ne pas comprendre plutôt que de cristalliser le rêve d'un seul mot. *Retourner...* Le voici lâché. Nul ne le rattrapera. Vous pensez sans doute que transportés si loin, démunis des moyens de refaire à l'envers tant de chemin, ces hommes et ces femmes ne sauraient réussir à gâcher vos dons ; qu'il y a parmi eux trop de gens raisonnables pour ne pas, une fois seuls, sourire de cette folie. Qui sait ? L'isolé passe lentement du rêve à l'espérance quand le groupe, déjà, par la vertu du nombre qui la ressasse, en est à l'idée fixe. Écoutez Robert ; sacristain circonspect, qui soupire :

— Des morts, nous en avons eu cinq ici.

Écoutez Ned qui enchaîne :

— On meurt de bien des façons : ne serait-ce qu'en vivant là où la vie n'en est pas une pour vous.

Toute la salle applaudit. Mrs. Greenwodd n'en croit pas ses oreilles. Sans plus s'occuper d'elle, les conseillers se resserrent. Des bouts de phrases voltigent : *Il faut voir ça de plus près... J'examinerai le rapport... Une demande, pourquoi pas ?* Que faire, sinon partir, en haussant les épaules ?

Mais à peine a-t-elle tourné les talons que Walter, à son tour, saute sur la table :

— Allons, dit-il, les mains tendues, ne nous excitons

pas. Je peux bien vous le dire : j'ai toujours espéré. Mais soyons discrets pour ne pas retourner l'opinion contre nous. Ne gâchons pas nos chances, s'il y en a. Pas un mot aux journalistes. Je passerai dans chaque maison, le soir, pour connaître votre avis. Puis nous verrons...

Il est déjà redescendu. Il fend la foule et s'en va, enveloppé de longs regards complices.

Trois semaines plus tard, tassé entre un verre de bière à moitié vide, un cendrier rempli de mégots et une pile de coupures qu'une par une lui tendait Gloria Trumbey, la documentaliste, Philip Hacklett achevait de parcourir le texte publié sous la signature du *Docteur G.* Parvenu au commentaire, il se mit à hurler :

— Monsieur Folkes !

Du fond de la salle où il s'était penché sur la mise en page de la deux, Hugh, peu rassuré, arriva en traînant les pieds :

— Vraiment on peut compter sur vous ! vociférait le patron... Monsieur Folkes ! Londres publie le rapport de la *Royal Society* sans que nous en ayons rien su. Leur pensum sur les cailloux, les phoques, les fleurs et les p'tits zoiseaux du coin, à vrai dire, je m'en fous. Mais tu as vu l'article en dessous, bougre d'âne ?

Philip brandissait la coupure et dans la respectueuse attention de la salle, abonnée à ces sortes de colères, lisait d'une voix véhémente le post-scriptum du concurrent :

— *Quoi qu'on en ait dit, ce document scientifique comporte une courte annexe où se trouvent examinées les chances d'une recolonisation. Elle n'est jugée ni prudente ni souhaitable, l'île en tout état de cause n'ayant jamais offert que peu de ressources. Mais le passage traitant la récente éruption de « manifestation volcanique d'importance secondaire en voie d'extinction » semble avoir été interprété par les réfugiés avec un large optimisme. Le Colonial*

Office aurait déjà reçu et repoussé une demande de retour...

— Ils m'ont fait ça! dit Hugh, resserrant sa ceinture.

— Calshot est à trois pas, tu surveilles le camp depuis six mois et tu nous laisses griller par Londres, continuait Philip. Tu es sourd ou quoi?

— Ils m'ont fait ça! répétait Hugh. Je comprends maintenant pourquoi ils étaient devenus muets comme des carpes.

Voyant Philip se planter au coin de la lèvre une nouvelle cigarette, puis torturer la molette de son briquet, il s'enhardit :

— Mrs. Greenwood m'avait bien dit que le récit des garçons avait produit au camp une forte impression. J'ai passé dix lignes à ce sujet. Mais l'agitation semblait tombée. J'ai vu moi-même Walter faire du porte à porte et j'ai pensé, comme le pasteur, que c'était pour calmer les esprits. Il m'a eu! Il faisait signer une pétition.

— Il faudra le dire dans ton papier, susurra le patron.

— Un papier, pourquoi? L'affaire est close.

— Bon Dieu, cria Philip, vous l'entendez, Gloria? Trois cents bonshommes remontent des antipodes pour se jeter dans nos bras. Nous les casons, nous les choyons, nous dépensons pour eux des sommes folles. Bien. Un an après, ces braves gens découvrant que l'Angleterre n'est pas le paradis réclament à grands cris le retour à leurs cabanes. Bien. Mais, monsieur Folkes, journaliste, n'y trouve aucune signification spéciale... Cours, idiot! Va voir Walter et mets le paquet. Tristan, c'est notre spécialité et puisque nous arrivons seconds, mieux vaut pousser un peu.

*

Mrs. Greenwood, le lendemain, trouva que le *Southern Post* poussait même beaucoup.

Calshot, où Hugh avait réussi à coincer le headman, la veille au soir, avait eu droit à une distribution gratuite du journal. Mrs. Greenwood le trouva sur son bureau et fut tout de suite alertée par l'encadrement du leader où le gros titre QUESTION surplombait le sous-titre : *Le XIXᵉ dira-t-il non au XXᵉ ?* Puis elle aperçut la bande dans la corbeille. La secrétaire, arrivée plus tôt, tapait une lettre, avec un sérieux contenu. Vera Greenwood se plongea dans l'article :

Beaucoup d'entre nous, écrivait Hugh, *ont lu dans leur jeunesse le roman français :* L'Homme à l'oreille cassée. *Aucun n'aurait pu croire que nous nous trouverions un jour devant ce ressuscité. Séparé de nous par sept générations, un Tristan, à tout prendre, n'est rien d'autre que l'arrière-grand-père de notre arrière-grand-père...*

— Ça commence bien ! ne put s'empêcher de murmurer Mrs. Greenwood.

— Attendez la fin ! fit la secrétaire, sans se retourner.

Vera Greenwood parcourut rapidement la suite où Hugh Folkes rappelait le drame, l'exil, l'accueil, le pénible effort d'adaptation, pour en arriver à l'incroyable : *le réflexe de fuite vers le passé.* Lui, Hugh, ami des réfugiés dès la première heure, avait malgré la consigne du silence réussi à faire parler leur chef. Walter s'était montré gêné, mais résolu. Il n'avait rien nié. Mis en confiance, il avait peu à peu changé de verbes, disant d'abord *nous pouvons,* puis *nous voulons,* enfin *nous devons repartir.* Il avait ajouté qu'il comprenait bien le rejet d'une pétition jugée sentimentale. Il avait déjà fait appel de cette décision, près d'une autorité plus haute, en offrant de se soumettre à une expérience décisive : l'envoi sur l'île de douze volontaires, capables de prendre tous les risques et de dire au bout de trois mois si, oui ou non, pour un Tristan l'île restait habitable. Il croyait pouvoir affirmer que cette proposition, moins brutale, avait des chances d'être agréée : le ministère envisageait d'adjoindre aux douze un fonctionnaire du C.O. et un don de 1 200 livres, en billets de passage, couvrait déjà une grosse partie des frais.

— C'est donc ça ! fit Mrs. Greenwood. Je me demandais pourquoi on me refusait de nouveaux logements pour les jeunes couples.

Mais déjà elle pointait le nez sur la conclusion :

Nul doute que la détermination des réfugiés ne surprenne et même ne soit ressentie par certains comme une offense. Personnellement, laissant aux politiques le soin de tirer, dans un sens ou dans l'autre, la couverture à eux, je parlerai de service. L'aïeul vivant, resté tel quel et qui, voici un an, s'est trouvé jeté dans un monde mental, moral, social, technique, si différent du sien, a eu le temps de voir, de juger. Et comparaison faite, il refuse ! Que vaut donc notre temps ? Je vous y laisse penser.

— Superbe ! dit Mrs. Greenwood, sèchement relevée. Je ne sais pas si vous vous souvenez, mais à l'arrivée des Tristans, Hacklett avait brillamment développé le thème contraire. Vous avez des échos, Carol ?

Les mains de la secrétaire restèrent un instant suspendues au-dessus de son clavier :

— Aucun, dit-elle. J'ai seulement vu Simon brandir le journal dans la cour. Il criait à je ne sais qui :

— Trop de sauce ! Mais qu'il est bon, le rôti !

4. Le choix

Voilà deux heures que Ned tourne autour de Gladys, venue déjeuner à la maison. La petite amie de son fils lui plaît assez : nette, fraîche, bien gréée, une bonne chaloupe tendant de la toile sur de fortes membrures. Blonde à ne pas le croire et c'est plutôt flatteur : les jeunes des environs s'allument pour les filles de Tristan, à qui leur huitième ou leur seizième de sang hottentot donne un type, mais les jeunes filles sont bien plus réservées. Qu'elles imaginent un enfant trop foncé ou songent au petit job du futur, le fait est là : le cas de Ralph est unique à Clashot. Mais le souci s'enracine toujours avec la chance. Après le ragoût, Ned a débouché la bouteille de bordeaux — apportée par Gladys, car vraiment, à ce prix-là, Winnie n'y penserait pas ! Il a servi, levé son verre et dit, l'œil aux aguets :

— A Bill ! Ce coup-ci, vous savez, je crois que ça y est. J'ai vu Walter : on va voter et si c'est oui, du vent !

Ruth s'est épanouie : avec Bill, Joss est reparti parmi les douze et la seule lettre qu'ait en quatre mois transmise le *Léopard* lui était adressée, à elle. Ralph, resté pour Gladys, n'a pas pipé. Alors Ned a tapé du talon :

— Quand je pense qu'il est là-dessous ! Ça ne vous effraierait pas, Gladys, d'habiter si loin ?

— Un peu ! a murmuré la fille, expédiant vers Ralph un long regard bleuâtre.

— Une infirmière, a murmuré Winnie, ça nous arrangerait tous.

Mais Gladys n'a pas répondu. Ned a cherché d'autres phrases, ne les a pas trouvées. L'heure tournait. La petite s'est levée, s'est écriée :

— La demie ! Il faut nous presser, Ralph, si nous ne voulons pas rater le film.

Polie, souriante, n'ayant pas oublié de dire merci, d'embrasser Ruth, la voici sur le seuil qui ouvre son parapluie. Ralph a disparu, une seconde, dans sa chambre pour y prendre son imper. Son père le suit, l'accroche juste au moment où il allait ressortir et fait rapidement :

— Ne va pas trop loin, Ralph, tu me comprends ? Si elle ne doit pas te suivre...

Comme il est différent de son gars en peau de mouton, ce Ralph bien cravaté qui affronte son père ! Et qui desserre à peine les dents, pour dire :

— Au contraire ! C'est ma seule chance.

Il est passé, Winnie remue des assiettes et Ned, appuyé au chambranle, s'en veut d'être satisfait. Si la seule chance du fils passe par où il le pense, c'est que de toute façon Ralph, lui, suivra.

*

Pour Jenny, pas de question. Quand Ruth lui a montré la lettre de Joss où il expliquait que les douze se sont partagés en deux groupes, l'un chargé de la pêche, l'autre des réparations urgentes, quand elle a lu le passage où son frère assurait que le délégué du Colonial Office malgré quelques réserves concluait *dans leur sens,* elle a compris que les Twain allaient avoir du mal à se rameuter. John, averti, n'a fait que sourire.

— Je t'emmène ! a-t-elle dit, pour voir.

Et John a répliqué sur le même ton :

— Mais oui, ma chatte ! Avec mon autocar et, forcément, avec la route pour le faire rouler dessus.

C'est même ce jour-là qu'elle a eu — à l'envers — le même réflexe que Ralph : pour s'interdire un autre choix.

*

Avec Jenny, elles sont six dans le même cas.

Nola a déjà quitté le camp et s'est installée à Southampton dans une pension de jeunes filles. Joan hésite. Jasmin ne sait plus ce qu'elle doit espérer : son ami, un pilote de la Base, vient d'être muté en Irlande du Nord et Olive, sa mère, terrifie les autres mères en répétant partout :

— Faites attention aux vôtres !

Loo et Flora, filles d'Abel, ont sûrement plus de défense. Ce sont elles, qui, entraînées par l'atmosphère du supermarché où elles travaillent, ont le plus rapidement évolué. Rien ne distingue les deux sœurs des cent parfumées aux yeux peints, aux ongles rouges, aux pattes lisses enfournées haut dans la jupe que dégorge le soir, mêlées aux minces calicots, aux bedonnants chefs de rayon, la porte réservée à la sortie du personnel. Elles ont deux langues dans la bouche : le dialecte pour le camp et au magasin l'anglais populaire où ne persiste qu'un faible accent sud-africain. Fiancées, Loo à un aide-comptable, Flora au fils du pompiste, elles sont clouées sur place. Mais Paul, leur frère, s'en est allé aussi parmi les douze pour construire sa maison et pouvoir bientôt y accueillir Thea demeurée seule avec ses parents. Abel et Norma sont au supplice. Ils n'ont pas aimé — et Walter encore moins — l'écho paru dans un hebdo qui joue aux pronostics : *Bague, mais pas de bateau pour les propres nièces du chef.* Ils songent à leur vieillesse, coupée en deux :

— Ce sera facile, gémit Norma, de voir mes petits-enfants.

*

Walter, en plein conseil, a exprimé un sentiment plus général :

— Après les morts, nous perdons des vivants.

Il n'ignore pas que l'intermariage prévaut encore : onze couples en formation le prouvent. Mais six filles enlevées à la communauté, sur deux douzaines en âge de changer de lit, ça fait tout de même le quart de l'effectif. Si l'attente se prolonge un an, qu'en restera-t-il ? Simon que la perspective du retour console de tout, a gaiement répliqué :

— Essayons l'annonce matrimoniale ! *On demande jeunes filles pour épouser jeunes gens sur Ile de La Déso-lation.* Et si ça ne marche pas, tant pis ! Les garçons n'auront qu'à refaire le pèlerinage de Sainte-Hélène.

Mais Ned a protesté :

— Soyons sérieux. Moi, je vous le dis, le temps compte.

*

Une autre sorte d'inquiétude, il est vrai, se fait jour. Que Winnie, Susan, Olive se rencontrent dans la cour, le filet à bout de bras, et elles ne manqueront pas de parler de contagion. L'abandon de Calshot, le dimanche, par tout ce qui a vingt ans, les rentrées tardives, le peu d'explications fournies, la nouveauté des exigences ali-mentent la chronique :

— Il y a trop de tentations.

— Trop d'exemples.

— Les jeunes parlent sur un ton, maintenant !

— J'entends Ralph juger de tout.

— Encore un peu et le mien se fera un mérite d'avoir eu la chance d'en savoir plus que nous.

Mais le chœur des ménagères ne s'indigne pas vrai-ment, ne s'étonne qu'en sourdine. Olive, que l'accident de Jasmin n'a pas rendue aveugle, stoppe assez vite le gémissement :

— Soyons justes ! Les jeunes, ils peuvent dire que, sans nous, ils garderaient leurs chances.

Soupir ! Elle n'avoue pas qu'ils pourraient bien en perdre. Elle reconnaît tout de même :

— Tandis que nous, sans eux...

Rentrées chez elles, les mères y songeront, peureuses, observant fils ou fille en train de préparer son cours du soir. L'application des jeunes a redoublé. Comme a redoublé l'économie, déjà si stricte, des familles : tout le monde met de l'avenir de côté.

*

Et les jours passent : l'impatience grandit, devient un peu agressive. Le bonnet tricoté reparaît : façon de hisser les couleurs. Ce qui faisait sourire fait hausser les épaules. Ce qui gênait devient insupportable. On ressasse : ah ! ces prix, ce climat, cette presse, cette agitation, ces fraudes, cet esclavage de l'heure, ce mépris des vieux, cette injustice, ce goût du malheur et, dans la prétention d'offrir un paradis, cette fureur de se crier en enfer ! Un vrai disque : il faut s'encourager. Qui sacrifie ses avantages à ses regrets, pour en éviter d'autres, aiguise ses raisons. Mais comme les Tristans ont cessé de se taire et que de nouveau les journalistes fourmillent, cette manne noire, aussitôt ramassée, va nourrir le lecteur Mrs. Greenwood, dévouée comme une horloge mais totalement dépassée, continue d'expédier les affaires courantes. Elle achète les journaux, épluche les gloses, y ajoute la sienne :

— Le plus drôle, Carol, c'est de voir chacun revendiquer l'honneur de se traîner dans la boue aux pieds de ces pauvres gens.

Car les voilà, pour la seconde fois, célèbres et plus stupéfaits de l'être encore que la première. Ils attendaient des cris, des reproches ; et partout ce ne sont que bravos, où se trouvent noyées les hésitations de Londres. Mobilisant les rotatives, des dizaines de petits Rousseau chantent l'hymne au primitif naturellement bon. Mais oui, retournez, Tristans ! A vos simplicités, à vos vertus, retournez, condamnant les affreux que nous sommes ! Un délicieux frisson passe dans le dos des coupables

qui, au fond de leurs fauteuils, se sentent soudain
absous par la dénonciation et réclament aux dieux la joie
de voir cingler aux rivages antarctiques le refus de
l'innocence.

Très vite pourtant les réfugiés, conscients de l'enjeu, étaient devenus graves.

— On s'excite, on s'excite, disait Simon. Ce n'est pas d'une excursion dans le passé qu'il s'agit, mais d'un choix qui engage l'avenir des gosses.

Quelques journaux, du reste, contre-attaquaient. Un grand papier, d'une sommité médicale, essaya d'alerter l'opinion : *Dans cinquante ans leur consanguinité sera devenue telle que le tiers des insulaires sera menacé de cécité.* Un courriériste préféra l'effet comique : *Un superbe collie, nommé « Sweep » vient d'être offert aux pasteurs de l'île par l' « Association du chien de berger ». Malheureusement il n'y a plus de moutons.* Mais le plus rude assaut fut livré dans un magazine, sur trois pages illustrées de photos désolantes : un économiste qui s'avouait *peu soucieux de langoustes* déclarait sans ambages :

Romantisme imbécile ! Le mouchoir agité pour dire bonjour à la civilisation, le voilà donc qui ressort pour lui dire adieu. Je sangloterais si j'avais le temps. Mais habitué aux bilans, je dis que chauffage central + électricité + gaz + écoles de tout niveau + travail assuré + salaire décent + télé, radio, cinéma, théâtre + ravitaillement, confort, soins, transports, assurances, retraites et loisirs en tous genres, c'est une somme de privilèges qui rend ridicule l'autre total : feu de petit bois + lampe à pétrole + rudiment scolaire + patates + chariots à bœufs + toits de chaume + liberté encagée sur quelques milles carrés + splendide

*isolement à huit jours du premier chirurgien. Poser la
question, c'est la résoudre.*

Les augures de bistrot se partageaient là-dessus. Ils
n'avaient pour la plupart aucune idée de l'endroit où
trempe Tristan et ceux qui par hasard avaient entendu
parler d'Édimbourg-des-sept-mers, capitale aux quarante
maisons, ne voyaient rien confluer de plus précis en ces
variétés de sel. On était pour ou contre, comme on l'est
d'habitude : Mr. Tant-Pis, qui n'aime point ce monde,
approuvait et Mr. Tant-Mieux, qui le trouve rose, ne
comprenait pas. Les paris des *football pools* baissèrent
d'un bon quart. On misa d'abord à deux contre un sur
partiront. Mais les tenants du *partiront pas,* surtout
recrutés dans la boutique, firent remonter la cote, les
derniers jours.

— Ils sont fous, disait l'épicier.

— Mais puisqu'ils sont tous d'accord, protestait un
client.

— Tu parles ! Personne n'ose dire non devant les
autres et surtout pas les jeunes. C'est une tribu que le chef
a bien en main.

— Le gouvernement, tout de même, sait ce qu'il fait.

— Justement, tu as vu ce qu'il propose ?

Le sous-secrétaire d'État — celui-là même qui avait
accueilli les réfugiés — avait en effet porté le débat aux
Communes pour y faire accepter le principe du retour : *en
toute liberté, mais en toute connaissance de cause.* Obliga-
toire, secret, contrôlé, dépouillé par un officier de la
Couronne, le vote ne serait tenu pour concluant, que s'il
exprimait une majorité massive d'au moins 75 %. Il
n'engagerait pas les opposants qui, au contraire, bénéfi-
cieraient de véritables primes au maintien : évacuation
immédiate de Calshot, transfert en appartement ou en
cottage privé, fourniture de meubles, pensions pour les
vieux, bourses pour les jeunes, soins gratuits. Enfin le
scrutin lui-même n'aurait lieu qu'après la visite d'un
expert du C.O. chargé de jouer l'avocat du diable, de
décrire sans ménagement la situation de l'île, en insistant

sur le ravage, l'insécurité, la perspective d'un long chômage, donc d'une vie plus rude, plus pauvre encore qu'autrefois.

*

Il y eut foule pour assister à l'exposé accompagné d'un petit film d'amateur, tourné sur place un mois plus tôt et plein de rudes images : charognes éparses, tumulus à fumerolles, barrière de laves de la côte est. Il régna dans la salle pendant vingt minutes un silence atterré. Mais le but recherché ne fut qu'à moitié atteint. Les dernières prises de vue montrant les garçons en train de rafistoler les clôtures, de rabattre quelques bêtes, produisirent un choc sentimental bien plus puissant que l'autre. Les applaudissements, saluant la victoire de Joss sur un bœuf récalcitrant, crépitèrent trop longuement pour laisser le moindre doute : les spectateurs s'associaient à cette reconquête, la vivaient déjà par procuration.

Restait une inconnue : le pourcentage des non qui, même minoritaire, suffisait à sceller l'échec de la consultation. Pour éviter toute « pression du groupe », la réunion d'information n'avait été suivie d'aucune discussion publique : précaution un peu naïve en face d'un bouche-à-oreille autrement efficace.

*

On le vit bien le jour du scrutin, quand Walter se répandit dans la salle, souriant à bouche cousue, pour distribuer les bulletins. Majeurs ou mineurs, votants ou non votants, tous, agrégés par familles, donnèrent le spectacle d'une sorte de suffrage à deux degrés, de bourdonnants isoloirs, d'où la famille, décidant comme telle, expédiait vers l'urne — placée dans une pièce contiguë — ses plus de vingt et un ans : grands-parents, père, mère, aînés, munis de leur bout de papier, même pas plié, sur quoi les enfants venaient de tracer, d'une belle écriture appliquée, des YES monumentaux. Le dépouillement ne fut pas moins curieux. Tandis que les responsables du C.O., en présence de Walter, se livraient à leurs pointages, puis, après avoir enfermé les bulletins dans une boîte de fer destinée au ministre, lui téléphonaient les résultats — dont dépendait sa décision, donc la proclamation finale — Agatha Loness, à genoux, entourée du Conseil des femmes, priait à voix haute. Un lot d'enfants, aiguisés par l'occasion, se mit à chanter la rengaine :

> *If all the world were paper*
> *And all the sea were ink...*

Ned les fit taire, comme Baptist arrêta un début de farandole. Les journalistes allaient, venaient, passant des uns aux autres :

— Vous repartez, grand-mère ? cria Hugh Folkes à Jane Lazaretto, un peu sourde.

— Je ne veux pas me faire enterrer ici, c'est sûr, mes os auraient froid ! répondit la doyenne. Et puis avant d'aller dormir auprès de mon vieux, je veux remanger de mon poisson.

— Ce n'est pas qu'il faille deux bœufs pour transporter sa pêche, fit Simon accroché à son bras. Mais ma mère, à quatre-vingt-six ans, peut rester trois heures perchée sur un rocher. Elle garde un drôle de coup de canne.

— Mais vous, Simon, vous ne regretterez rien, pas même votre place chez Sams ? Que gagnerez-vous à Tristan ?

— Sûrement pas le quart. Et après ? Je n'ai pas le cœur fait en cuir comme un porte-monnaie. L'argent, l'argent... quelle blague, s'il vous fait perdre le reste !

— Et le reste pour vous, c'est quoi ?

Simon se balançait d'un pied sur l'autre : les questions de ce genre ne trouvent jamais de bonne réponse.

— Comment vous dire ? Si vous n'étiez plus ni journaliste, ni anglais, ni rien de ce que vous êtes, seriez-vous à l'aise ? Je ne suis plus ce que je suis, voilà. Je veux retrouver la vie pour laquelle je suis né. Une vie où ce que je sais fait de moi un homme qui compte, au lieu d'un sous-fifre, chez vous.

— Redevenir le même, en somme.

— Le même, dit Simon, s'immobilisant soudain... Oui et non. Une rivière ne change pas de lit, mais elle change d'eau.

— Juste, fit Baptist, qui écoutait. Nous n'aimons pas comme vous le changement, ni cette forme d'existence où sans cesse le contre l'emporte sur le pour. Mais après ce voyage forcément, nous ne vivrons plus de la même manière.

— Donc vous condamnez vos enfants à n'être jamais que des pêcheurs, vous les enfermez dans une île où le plus intelligent sera stoppé au primaire.

— Juste, aussi ! dit Baptist. Mais combien le dépassent chez vous ? Faut-il évacuer toutes les îles du monde ?

— L'avantage est grand, dit Simon. Nos enfants ne se séparent jamais de nous. Mais l'inconvénient n'est pas mineur : nous manquons de cadres. Je peux vous l'avouer : le problème nous tracasse.

Il en tracassait d'autres. Un peu plus loin une dizaine de jeunes gens, cernés par des reporters qui voulaient absolument leur faire avouer qu'on leur avait forcé la main, répondaient sans s'émouvoir. L'envoyé du *Times* pointait le doigt successivement vers chacun d'eux :

— Votre nom, s'il vous plaît, votre choix, vos raisons ?

Matthew, Ruth avaient voté oui. Pouvait-on laisser les parents repartir seuls et de ce fait la colonie s'éteindre ? Barbara et Arthur, mineurs, regrettaient de n'avoir pu en faire autant : pour être vraiment volontaires. A leur avis on se sentait bien plus vite adulte à Tristan, ne serait-ce qu'en prenant place au banc des rameurs, dès quatorze ans. On n'y avait pas l'impression d'appartenir à une classe à part, gâtée mais impuissante et qui enrage en attendant de la place. Randal avait voté oui. Il reconnaissait que la vie était plus facile en Angleterre, qu'elle offrait plus de débouchés, mais au prix d'une concurrence

impitoyable. Il préférait se battre contre les choses que
contre les gens et vivre au besoin plus durement, mais
dans l'entraide, dans l'égalité. Adams avait voté oui. Il
allait pourtant rester pour s'engager dans la marine. Il ne
s'était pas reconnu le droit de compromettre, en votant
non, le retour des autres. Jenny et Loo, mineures elles
aussi et qui allaient se marier sur place, l'approuvaient
entièrement. Ralph avait voté oui, étant bien entendu
qu'une fois dans l'île il se réservait le droit de dire non à
certaines choses. Seul, James admettait avoir voté selon
les vœux de son père ; il ne voyait pas pourquoi il aurait
fait le contraire. Comme Ralph, il estimait que l'essentiel
ce n'était pas le vote, mais la suite, les changements à
imposer.

— Quels changements ? demanda l'envoyé du *Times*.

— La technique a du bon, fit James. Un peu de confort
également. Sans en devenir esclaves, comme vous. On
aimerait aussi, nous les jeunes, intervenir plus souvent.
Nous le pouvons maintenant. Ce que nous avons appris,
au stage, ne nous qualifie guère en Angleterre, où il y a
mieux. Mais à Tristan, notre chance devient meilleure
parce que, déjà, nous surclassons les vieux.

— Tiens, tiens ! fit l'envoyé du *Times*.

Il n'eut pas le temps d'en dire davantage. Walter
rentrait, rayonnant, encadré par l'expert du C.O. et
Mrs. Greenwood. Le procès-verbal du scrutin tremblait
dans ses mains.

— OUI, dit-il, par cent quarante-huit voix contre cinq.
Le ministère, informé, me prie de vous transmettre ses
vœux de bon retour. Le transport sera pris en charge par
le gouvernement et se fera en deux temps...

Le reste se perdit dans les clameurs.

5. Le retour

Le *Boissevain,* malmené depuis cinq jours, a mis en panne dans un calme relatif.

— Une chance ! dit le capitaine.

Au terme du périple qui les a emmenés au Brésil sur l'*Amazon,* puis de là, le 3 avril, sur un paquebot de la ligne Rio-Le Cap dérouté par le sud, ils sont tous sur le pont, les cinquante-deux à qui le ministère a permis de tenter l'aventure. Il y a là Walter, bien sûr, qui récupère son fief ; mais non Abel, son frère, resté avec les siens pour assister au mariage de ses filles. Il y a Robert Glad avec Vera sa femme et sa fille Thea qui rejoint son mari ; Bob Grower, donc Cecily et la petite Margaret, mais pas Elias qui sera de la seconde fournée. Il y a tous les Ned, sauf Ralph qui s'est donné ce répit pour arracher Gladys à l'Angleterre ; les Samuel Twain, mais non les Baptist, qui, eux aussi, veulent d'abord entendre Jenny dire oui à John. Il y a les Ragan, y compris Jasmin qui n'a plus le même espoir, y compris Blanch et Tony qui ramènent leur bébé là où il fut conçu. Le reste est composé de jeunes couples, la plupart faits, quelques-uns à faire : mieux vaut disposer de bons bras pour remettre le village en état en attendant le gros de la communauté.

A l'avant se sont rassemblés les officiels : le nouvel administrateur qui d'ailleurs le fut déjà quelques années plus tôt, Austin Forman ; le nouveau médecin, Dr Nairn ; l'agronome, Cecil Amery ; le radio, Sam Turley ; et deux journalistes qui ont rejoint Rio par avion, un Américain du *National Geographic,* un Anglais du

Daily Mail. Leurs yeux papillotent comme ceux d'un enfant devant un arbre de Noël. Elle se voit depuis 40 milles, cette masse noire, cernée d'un anneau de Saturne, de brumes troubles à travers quoi s'étouffent des vols blancs. Deux couches de nuages, la plus haute immobile, la seconde fuyante, bouclent l'horizon et rendent l'approche écrasante, presque sinistre. Les chalutiers sud-africains, qui ont continué durant l'exil à écumer les fonds jusqu'à Gough et que l'automne austral va forcer au repli, font bramer leurs sirènes en guise d'accueil. Ils sont restés quelques jours de plus pour aider au déchargement. Sur tant de gris, ce sont seulement, à l'est, de gros traits plus foncés, que pointillent les taches jaunes des suroîts, les taches blanches des baleinières descendant le long des coques. A terre où, fait plutôt rare, l'Union Jack pendouille au bout de son mât, rien n'a encore bougé. Mais quelque part sur le plateau, dont la saison a fait un tapis fauve ocellé de vert foncé par les bouquets de flax, une maison lâche un filet de fumée. Le cratère adventice, qu'on se montre du doigt, étonne : au flanc du monstre, il semble si petit qu'on se demande comment il a pu dégorger assez de matière pour former cette sombre muraille que prolongent et compliquent des éboulements, des îlets, des amas indécis mordus par le ressac.

— Les voilà ! crient enfin plusieurs voix.

Une première chaloupe, jusqu'alors cachée par un promontoire englué de laves, vient de déboucher, montée par cinq hommes qui rament sec, sans faire voler un aviron plus haut que l'autre. Une seconde la suit, toute semblable, mais plus lente, parce qu'elle en remorque une troisième, vide. Les baleinières des chalutiers, elles aussi, déhalent. En cinq minutes le *Boissevain* est entouré d'embarcations qui se dandinent sur la houle et d'où fusent les *ahoy !* les *hail !* tandis qu'une demi-douzaine de jeunes gens descendent l'échelle et sautent pour s'installer en renfort au banc de nage.

*

Il faut faire vite. Le *Boissevain* pour tenir son horaire,
perturbé par l'écart, a des centaines de milles à rattraper
et il y a soixante tonnes d'outils, d'équipements et de
provisions à jeter à terre après les passagers. Seul point
d'accostage possible : un bout de plage épargné au nord-
est. La flottille a organisé une navette. La *Georgina*,
pilotée par Joss, devançant la *Mary-Anna,* que barre
Ulric, est parvenue sur les bas-fonds où les algues tordent
dans les remous de perpétuelles lessives et que le volcan a
canonnés de blocs, devenus autant d'écueils. Transformant leurs avirons en gaffes, les garçons, debout, piquent
à gauche, piquent à droite ; la chaloupe sinue, emprunte
des chenaux imprécis, évite à tout instant des affleure-
ments de roche.

— Leur réputation n'est pas surfaite ! souffle le journaliste américain à son confrère qui admire, mais n'en mène
pas large.

Coup d'arrêt : reste à franchir un dernier banc, sans
engraver. La *Georgina* s'immobilise, attend le rouleau et
ho ! sur la poussée de douze bras, passe en raclant de la
quille, épouse le flot, se lance avec lui sur la caillasse du
rivage. Les garçons ont déjà bondi pour alléger et, de
l'eau jusqu'au genou, tirent la chaloupe au sec. Le vieux
Robert qui les a suivis, après avoir ôté ses chaussures et
relevé son pantalon, ne se retourne même pas : ivre d'air
natal, il fonce, la barbe en avant, une jambe encore nue,
un soulier dans chaque main. Les enfants, que les
hommes enlèvent, battent des pieds en l'air, poussent des
cris plus aigus que ceux des sternes. Les femmes rassem-
blant leurs cheveux, puis leurs valises, n'attendent pas
non plus. Elles attaquent avec leur marmaille le passage
que les douze ont vaguement frayé à travers la barrière de
scories, qui ressemble à un mélange de caramel dur et de
pain brûlé. La grosse Vera, que comprime un étonnant
cardigan de laine rose, peine sur le raidillon. Une

adolescente, en pantalon de velours noir et dont la permanente a souffert, traîne d'une main une guitare et de l'autre un carton chinois. Sa mère, elle-même en tailleur au-dessus des bas blancs folkloriques, tire deux garçonnets en blue-jeans et chandails de mohair. La fanchon abonde, mais faite d'un carré de soie imprimée qui, noué sous le menton, ne cache plus que la moitié de la tête. Beaucoup de sacs de plastiques, de skaï, de similicuir. Bottillons, escarpins qui sur les galets se tortillent. Imperméables qui font un bruit de feuilles mortes sur le dos des filles en marche. Il ne revient pas grand-chose de ce qu'elles portaient deux ans plus tôt.

Cependant les chaloupes retournent au *Boissevain,* chargent les pommes de terre, le sucre, le verre à vitre (*presque tous les carreaux sont cassés,* avait écrit Joss), la pharmacie, la farine, le thé, les conserves, une pompe, un poste émetteur, des touques de kérosène, de la vaisselle, de la literie, tout l'indispensable. L'hiver arrive, l'île ne produira rien — sauf du poisson, aux rares jours où le permettra la mer. Elle ne recevra rien avant le grand retour.

Walter et Ned, encadrés par les nouveaux résidents et les journalistes — qui prennent photo sur photo — sont demeurés sur le rempart de lave, d'où ils surveillent les opérations. La *Georgina* revient, chargée à ras. Un paquet tombe, est emporté, mais aussitôt rattrapé par un rameur qui n'a pas hésité à plonger. Les garçons exténués, trempés, débarquent en hâte, entassent les caisses et les ballots sur les cailloux, reprennent les rames. Joss, qui a vu Walter perché sur son observatoire, grimpe en courant. Il arrive à bout de souffle ; il crie à quinze pas :

— Ned, conduis le docteur chez moi. Malcom s'est cassé la jambe, il y a quinze jours. La fracture n'est pas belle. Il faudra sûrement l'amener sur le *Boissevain* pour qu'il aille se faire réparer au Cap.

— Quinze jours ! fait le médecin. J'y cours.

Les journalistes se regardent, effarés. Mais tandis que

Ned et le Dr Nairn s'élancent vers le village, Joss, dont les cheveux dégoulinent, se rapproche et tend le bras :

— Vous avez vu le cadeau ?

Walter tourne la tête. Il se lisse le crâne, avec perplexité, puis soudain sourit aux anges. Il a compris :

— C'est pourtant vrai ! dit-il.

La coulée a glissé le long de la côte, détruisant tout, conserverie, estacade, plage. Mais elle a continué, fait une boucle, enfermé un trou d'eau, un lagon saumâtre que sépare de la mer une bride de magma.

— On n'en a jamais eu, reprend Joss. Ce sera un terrible travail, mais qui nous fera un port.

Sauf le toit, qui n'avait pas flambé, mais dont le chaume avait souffert des rats et des tempêtes, la maison était sauve. A l'intérieur, l'eau avait gâté les meubles, gonflé le lattis, décollé les illustrés des cloisons : l'empereur d'Éthiopie et Mae West pendaient, délavés, pitoyables. Comme dans les autres cottages beaucoup de choses avaient disparu : casseroles, chaudrons, ustensiles de toutes sortes, qu'on retrouvait disséminés un peu partout, mangés de rouille, comme si de facétieux pilleurs descendus d'un baleinier de passage, durant l'abandon, s'étaient amusés ou vengés de ne rien trouver de valeur, en jetant tout par les fenêtres. Peut-être d'ailleurs étaient-ils en partie responsables de la disparition des moutons, imputée aux seuls chiens : quelle aubaine pour eux, cette viande fraîche devenue *res nullius* ! Et que dire là contre ? Les Tristans eux-mêmes, quand les frères Stoltenhoff — ermites éleveurs de cochons — abandonnèrent jadis l'îlot qui porte encore leur nom, n'avaient-ils pas durant des années allégrement chassé le « sanglier rose » ?

Pour parer au plus pressé Bill — comme chacun des douze sur la maison de son père — avait cloué de vieilles toiles sur les trous. Les deux premiers jours ni lui ni Ned ne purent faire mieux. Laissant les femmes nettoyer le plus gros, désherber les courettes, relever les poteaux pour y retendre les cordes à linge, les hommes, tous requis, ne furent que des portefaix. Le temps se gâtait. Avant tout il fallait monter au magasin la cargaison stockée sur le rivage à la merci des embruns : travail pénible en l'absence de tout moyen de levage et dans l'état de la sente vaguement tracée à travers le chaos volcanique. Deux cents caisses ou colis à hisser par-dessus le raidillon, à porter à dos sur un kilomètre... Au vingtième voyage Ned en avait les reins rompus :

— Monsieur, s'écria-t-il, en laissant tomber un sac de farine de 100 livres aux pieds de l'administrateur qui pointait sa liste, si nous n'arrivons pas à damer une route d'ici octobre, les amis n'auront qu'à faire demi-tour. Ce sont au moins trois ou quatre cents tonnes qu'il faudra débarder à ce moment-là.

— Je le sais, dit Austin Forman, et je vais demander à tout le monde de s'y mettre. Mais il y a un autre problème. Si nous pouvons passer un tracteur en pièces détachées, sur une chaloupe, il me paraît difficile d'en faire autant pour le bloc opératoire qu'on m'a promis. Il le faut pourtant. L'aventure de Malcom suffit : sa jambe, ils devront la lui recasser, au Cap.

*

Enfin, tout fut mis à l'abri. Il était temps : la tempête fit rage durant la semaine sainte. Les hommes dans un mémorable rodéo se mirent à rattraper les dernières vaches libres dont ils entravèrent les pattes arrière pour permettre aux femmes de les traire. Les garçons, à l'approche des fêtes, montèrent dans les hauts pour faire la chasse aux oiseaux. Un taureau inapprochable fut abattu à la carabine, dépecé, distribué et sa peau clouée sur un mur pour y sécher le temps nécessaire — avant d'être débitée en carrés propices à la fabrication des mocassins. Le vendredi après le service de la Passion qu'en absence d'aumônier dirigèrent l'administrateur et le sacristain, il y eut foule à l'église ; et encore plus le jour de Pâques, déclaré *Resettlement day*, salué par un carillon d'une heure, par une nouba de poules de mer rôties, des monômes de jeunes et un grand piétinement d'escarpins à Prince Philip Hall, où les saphirs des électrophones tout neufs, ramenés de Calshot, grattèrent des disques de jazz jusqu'à 5 heures du matin.

Cela n'empêcha ni Bill ni son père de se retrouver le lundi matin perchés sur le faîtage en compagnie d'une douzaine de voisins. Les bottes de flax, coupées sur place dans la haie coupe-vent, assemblées, liées d'un vif tour de poignet, voltigèrent tout le jour en direction des chevrons découverts, tandis que le vieux chaume brûlait haut dans le jardin sur un tas de cendres légères où Neil comme Cyril, bien grandis, glissaient des pommes de terre. Au crépuscule le toit était devenu vert et un soleil très bas, prêt à plonger dans une eau teintée de rouge, faisait de nouveau brasiller les carreaux ceints de mastic encore mou. Winnie et sa fille s'affairaient au repas : paiement symbolique du coup de main à rendre. L'administrateur passa, puis l'agronome, qui furent invités séance tenante.

— Je n'ai plus de salive, dit Cecil — provisoirement postier. J'ai léché près de six mille enveloppes premier-jour, pour les collectionneurs. Il y en a pour dix-huit mille livres.

— D'ordinaire, dit Austin, les timbres paient mon salaire. Cette fois, ils paient sûrement le passage sur le *Boissevain*.

La théière circulait. Ned, qui, en souvenir, pour la coller sur son mur autour de Farah Diba, s'était offert la série de Sainte-Hélène — avec surcharge de Tristan — grogna :

— Ils vont en refaire d'ici, non ?

— Sûrement, dit l'administrateur.

Et ce fut au tour de Joss de paraître sur le seuil. Il ne le franchit pas, selon l'usage :

— Dommage que mon père ne soit pas là ! dit-il. Puis-je entrer ?

Il avait dans les mains une paire de mocassins : très petits, avec des cordonnets tressés, pour femme.

— Entre en paix ! dit Winnie d'une voix rauque en chiffonnant d'une main le coin de son tablier.

Alors Joss s'avança vers Ruth. Elle venait de faire un

bond vers la commode, pour y saisir un sac à main de plastique blanc à fermoir doré, dernier modèle d'un magasin de Southampton. Elle le fouillait pour en retirer une paire de chaussettes tricotées aux aiguilles fines. Chacun haussa le cou : elles étaient grises et plusieurs fois annelées de rose, de vert, de bleu.

— Les veillées ont été longues. J'ai pu te fignoler ça, dit Joss, offrant les mocassins.

— Change donc, je laverai les vieilles, dit Ruth, tendant les chaussettes.

Ils s'embrassèrent, sans hâte. Puis Joss se retourna vers l'administrateur :

— Est-ce vrai que nous aurons des parpaings et des bardeaux en novembre ?

— Je voudrais un évier blanc, dit Ruth.

A Fawley, cependant, le boréal essayait encore de séduire l'austral.

Une grande fête avait été offerte, par les filles en vert, à tous les enfants de deux à quinze ans, avec chansons de Jones et tours de prestidigitation de Lesley Fy ; une autre organisée par la *Brush Crystal* où parurent six gamines de Tristan, vêtues de mousseline, couronnées de roses et serrant dans leurs bras de longs ballons multicolores en forme de saucisse. Une troisième fut donnée par une fabrique de fleurs en plastique en l'honneur des 87 ans de la doyenne Jane. L'actualité ne chômait pas, notait tout. Une solennelle remise de clefs aux bénéficiaires d'appartements gratuits. Le grand éclat de rire qui salua l'escapade de Sweep (titre du *Southern Post : Sheepdog objects to Tristan trip)*, échappé du camp, recueilli par un petit garçon de Hythe, ramené par un inspecteur de la R.S.C.P.A., version anglaise, mais forcément royale, de la Société protectrice des animaux. Un gain de 400 livres aux *football pools* échu à Ronald Grower qui avait misé, sans rien y connaître, sur les indications de deux camarades d'établi. Un don de mille pelotes de laine à tricoter. Un don de cinquante pots de marmelade d'orange. Un don de quatre robes de mariées (légende de la photo de l'essayage : *four couples are happy*), offertes par un grand magasin, à l'occasion de la noce collective qui fournit à Hugh Folkes ce merveilleux commentaire : *Tristan rembourse à l'Angleterre, cent cinquante ans plus tard, les filles enlevées à Sainte-Hélène...*

Pourtant les mesures préparatoires se succédaient. Le nouveau pasteur, le révérend Brown, était venu loger à Calshot. Assisté du recteur de Fawley, il avait reçu des mains de la présidente, au festival-service de la *Mother's Union,* à Winchester, une bannière bénie par l'évêque de Southampton, en gage d'alliance. On parlait de jumeler Wight et Tristan. La Croix-Rouge, pour ne pas être en reste, entraînait une quinzaine d'enfants, afin d'offrir à l'île une unité de secouristes. La question : *Que pouvons-nous faire pour les retenir ?* ne s'opposait plus à l'autre : *Que pouvons-nous faire pour les aider ?* Seuls, quelques bougons, entre deux bières, se demandaient encore : *Combien seront-ils ?* La communauté avait déjà fait la part du feu. Jasmin était repartie ; Joan avait renoncé. Avec les quatre jeunes mariées : Jenny, Nola, Loo et Flora, ne semblaient irrécupérables qu'une dizaine de Tristans trop bien casés. L'attention se concentrait sur deux cas symboliques : celui d'Ambrose, menacé par la mort ; celui de Ralph, menacé par l'amour.

*

A vrai dire Ambrose, le mari d'Agatha, rongé par un sarcome, on le savait perdu et cette certitude même devenait argument. Depuis William le fondateur, aucun Tristan n'était mort d'un cancer et le diagnostic du camp s'avérait unanime ; mal typique, mal spécial aux *Extérieurs.* Le caporal n'en venait-il pas ? Ambrose l'avait sûrement contracté sur place.

— Si l'on vous dit, grondait Agatha, qu'il n'y a pas de chirurgien à Tristan, répondez que nous n'avons pas non plus de ces saletés-là.

*

Le cas de Ralph semblait moins désespéré. A qui l'interrogeait, il répondait, les dents serrées ·

— De toute façon, j'ai juré à mon père de repartir avec vous.

Seul maintenant dans la maison attribuée à ses parents, il allait et venait de Calshot à l'usine, faisait sa popote de garçon, sautait sur son vélo pour rejoindre Gladys. Mais il y avait partout des yeux pour le suivre. Le commérage insulaire a toujours sévi, prenant sa source à cette vertu dont tant de Britanniques font un vice : le souci du bonheur d'autrui. Sans le dire, au surplus, la fierté tribale s'inquiétait : Tristan n'était-il bon que pour ses habitants ? Était-ce trop grand honneur que de fournir des brus pour espérer l'inverse ? Que valaient ces encouragements au retour, quelle inconsciente condamnation cachaient-ils, si la seule idée de s'établir sur l'île pouvait décourager une fiancée du Hampshire ?

— La petite a passé la nuit avec Ralph, confiait Susan à sa voisine. Elle est partie tôt sur la pointe des pieds. Mais j'étais levée, je l'ai vue. Lit de maison, Nora, n'est pas lit de saison.

— Chez nous, non, murmurait l'autre, mais dans ce pays qui sait ? L'agneau même n'y retient pas toujours la brebis.

Les choses en restaient là : indécises, livrées aux commentaires. Ralph ne se confiait guère, navré de reconnaître que depuis le départ de sa famille la situation s'était renversée. Il avait voulu rester pour faire le siège de Gladys ; c'était elle qui faisait le sien, encouragée par cette attente même où elle voyait une demi-défection. Quatre fois elle l'avait emmené chez son père, plombier à Dibden et quatre fois le bonhomme lui avait chanté la même chanson : je n'ai qu'une fille, mon garçon, mais j'ai trop de clients, et, ma foi, un gendre qui me seconderait ferait mon affaire autant qu'il ferait les siennes. Ses confidences sur les malheurs de l'artisan — qui a tant de mal à trouver des ouvriers sérieux, qui les forme à grand-peine et au bout de trois ans les voit se transformer en concurrents qui s'installent à leur compte — complétaient le topo : un successeur ne décroche pas. Il devenait pressant. A la cinquième visite, Ralph eut droit à une scène curieusement parallèle à celle que les Twain avaient jouée à Gladys :

— C'est pour quand la soudure ? s'écria le père, après les petits verres.

— Ça ne dépend pas de moi, fit Ralph.

— Et de qui donc alors ? demanda la mère. Vous travaillez tous les deux et vous, vous avez droit comme insulaire resté en Angleterre à un logement tout installé. Qu'attendez-vous ?

Ralph n'eut pas le courage d'avouer qu'il attendait le bateau. Il regarda sa montre et parla de rendez-vous au centre nautique d'Ashlett.

— Allez ! bougonna le père. Mais réfléchissez à ce que je vous ai dit.

— Et dis-lui, toi, une bonne fois ce que tu penses, ajouta la mère, tournée vers sa fille.

L'après-midi en fut empoisonnée. Ralph eut beau promener Gladys sur la Southampton River, sous un soleil éclatant, rien ne put la dérider. Le découragement le gagna, faisant renaître en lui le sentiment de l'insolite. Des dizaines de couples trempaient de la rame dans l'eau, plaquée de mazout, où dérivaient des boîtes vides, des bouchons de papier gras. Qu'est-ce qu'il fichait là, tirant sur des avirons de pacotille ? L'écume, la vague à vaincre, la vigueur d'une mer qui répond à la vôtre, qui se laisse arracher la subsistance, mais non la distraction, le sens même de la course où l'homme vit de son bateau, les risques, les sifflements du vent lui manquaient. L'idée de perdre Gladys — qui ne soufflait mot, qui le regardait par en dessous — l'effrayait moins que celle de perdre sa vie, de patauger pour toujours dans une rivière sale, des routines enfumées. Un homme apporte son état, sa maison, sa famille. Ralph ne devait rien d'autre à Gladys. Libre à elle de refuser, mais libre à lui alors de se reprendre : il ne le ferait pas sans mal, mais il le ferait sans rancune, incapable de lui reprocher son obéissance à la même sorte de tyrannie qui, la retenant chez elle, le renvoyait chez lui. Et soudain brusquant les choses, brutalisant ce canot pour amateurs de molles promenades, il piqua droit sur la rive. Gladys comprit aussitôt et ce fut elle qui, mettant pied à terre, attaqua la première :

— Je me suis trompée, fit-elle. Mais toi aussi. Comment peux-tu me croire capable d'aller m'enterrer dans ton île ?

Ralph, emporté par l'habitude, enleva le canot pour le mettre au sec. Il n'avait entendu qu'un mot : *enterrer*. Quand ce qui représente la vie pour l'un s'appelle la mort pour l'autre, que reste-t-il de commun ? L'encaisseur s'approchait : il lui tendit son ticket de louage, paya deux heures pour soixante-cinq minutes, puisque toute heure commencée était due. Puis se retourna et dit, sans lever les yeux :

— Tu peux rester, c'est ton droit.

Une demi-heure plus tard, comme il rentrait au camp, seul et comme assommé, quelqu'un lui prit le bras. C'était Simon, leader provisoire de la communauté :

— Ambrose est mort, dit-il.

Ralph eut un froid sourire : Tristan ne perdrait pas deux hommes dans la même journée.

A la même heure ou presque, là-bas, dans la saison inverse, qui fait rage, un autre canot fonce sur une mer déchaînée.

Derrière lui, au pied du mât de signaux une vingtaine d'hommes le regardent faire, anxieux et le flag sur leurs têtes s'étire, aussi lisse, aussi raide que s'il était en tôle. Depuis que les journalistes profitant du passage d'un croiseur américain sont montés dans l'hélicoptère de service, monstre gris fer à nez rouge, lourdement arraché de la prairie détrempée par ces puissantes pales qui renvoyaient la pluie à l'horizontale, l'île n'a rien reçu, rien envoyé ; elle est, comme jadis pour la durée de l'hiver, coupée du monde... Les langoustiers sont au Cap ; les bateaux de la Royal Navy n'ont aucune raison de patrouiller dans les parages ; la radio est en panne. Il faut atteindre ce navire de recherche, un R.S.A. sud-africain qui fait route vers Gough et vient de signaler, d'abord au porte-voix, couvert par le tumulte, puis en hissant le pavillon à raies obliques rouges et jaunes : *J'ai du courrier pour vous.*

Ned, Robert, Walter et l'administrateur étaient d'accord : impossible de rien mettre à l'eau par ce temps. Mais Ulric et Bill, bravant l'interdiction, ont sauté dans un canot. Ils n'ont pas fait vingt mètres et, retournés, n'ont dû qu'à la chance de ne pas se fracasser sur les rochers, de s'en tirer avec quelques estafilades.

— Arrête ! a crié Walter, voyant Joss arracher sa veste et son pantalon.

Mais Joss en caleçon et maillot de corps avait déjà plongé. On l'a vu faire surface, trois fois, dans le bouillonnement blanchâtre qui s'acharne autour des brisants. On l'a vu disparaître, reparaître, sortir une main, saisir le canot par le nez, le remettre à flot entre deux lames, et, dans le temps d'un éclair, s'emparer des avirons pour monter à la vague.

— Il est passé !

Joss ne peut pas entendre. Il va, ivre d'effort. Le dinghy dégringole dans des creux où il reste longuement invisible ; il grimpe sur deux rames des collines liquides, se balance un instant sur leur crête, dont le vent rase les franges et fouetté par les laminaires qui se tordent et se détordent, insensible à l'écœurement des piqués, il plonge de nouveau vers les abîmes pour resurgir un peu plus loin. Un coup de l'aviron gauche pour éviter un tourbillon. Un coup de l'aviron droit pour reprendre le cap. Il ne se laissera jamais plaquer par le travers. Les albatros qui virent sur l'aile, dans la tempête, se servant d'elle pour la vaincre, ne font rien de mieux dans l'air que Joss dans l'eau ; et quand ils remontent, vent debout, en puissance, ils semblent encore imiter le garçon à demi redressé et dont les bras emballent la cadence jusqu'au prochain basculement.

Pour Ned qui grommelle : *il va me faire une veuve avant la noce,* mais dont l'œil s'écarquille, dont le sourire mal rasé avoue que la peur de perdre un gendre est drôlement balancée chez lui par l'orgueil de le savoir plus hardi que tout autre, le canot n'est déjà plus qu'un point noir. Mais vingt marins des mers du Sud, giflés d'embruns et dont ruissellent les cirés canari supervisibles, s'alignent très excités à la rambarde du R.S.A., pour voir approcher ce fou qui baratte le clapot moins rude de la zone abritée par la masse du navire. Ils sifflent, ils en crachent d'admiration dans la vieille mer nourrice ; ils se balancent, barbus, au roulis qui relève et rabat sans trêve leur balcon. Une haussière vole, puis une échelle de corde :

— Hé bien, mon vieux, j'embauche ! lance le maître

d'équipage, tandis que Joss, hardes et cheveux collés, grimpe sur le pont.

Après les tapes dans le dos, le thé bouillant, le cognac du Cap, le retour du canot lesté de trois sacs imperméables à collet bien ficelé ne sera pas moins téméraire. Le bond par-dessus le grand rouleau y mettra la touche finale. Mais l'arrivée en flèche sur la grève où l'attend la poigne des haleurs n'empêchera pas Joss de hocher la tête :

— J'ai perdu les avirons du second banc.

— Un sac de patates et 10 livres en prime, à ce gaillard ! crie Walter.

— Viens te sécher, idiot ! dit Ned.

Grelottant, Joss rentre chez lui où Ruth accourt avec des vêtements secs. Sur le parquet où il se déshabille une mare se forme autour de ses pieds. Il rit, tout poil dehors :

— J'aime quand même mieux ça que de laver des voitures.

Rien d'autre à dire. Ce qu'il peut être, il sait seulement qu'il l'est redevenu.

Enfin, voici la rentrée massive.

Susan est heureuse, Susan est triste. Elle va quitter Jenny, bien mariée, mais qu'elle ne reverra sans doute jamais. Elle va rejoindre Joss qui vient d'écrire pour demander *s'il peut commencer à préparer le terrain du bout du clos pour y bâtir cet été.*

— C'est vrai qu'on va faire, cette année, l'économie d'un hiver, a dit Baptist, songeur.

— Et qu'on peut faire celle d'une réponse, a dit Matthew. Nous arriverons en même temps.

— Ils seront comme ça juste entre nous et les Ned, a dit Susan.

Pure annonce en vérité : mais dans les formes, comme on pouvait s'y attendre avec Joss. Susan en apprécie la forte discrétion. Comme son mari, comme la plupart de ses voisines, elle est fatiguée : du changement, du mouvement, de l'importance donnée à cette longue aventure, du bruit fait autour d'eux. Elle a demandé une fois à Mrs. Greenwood :

— Vous n'auriez pas des pilules de silence ?

Elle n'en aura bientôt plus besoin, mais pour l'instant — et pour la dernière fois — Tristan revient à la une. Le 7 octobre, malgré la victoire de Graham Hill au grand prix des États-Unis et la proclamation de l'indépendance de l'Ouganda — suivant de peu celle du Nigéria — les gros titres ont mis sur le même pied la rentrée de deux cents insulaires et la sortie de l'Empire de quelques millions d'hommes : *Tristan folk will be home.* le 10, la démission d'Harold Macmillan et le 16 celle de Konrad Adenauer, puissants ténors disparaissant de la scène, n'ont pas empêché le fourmillement des échos. *Clock for Tristan!* disait l'un : Fred Grower, manœuvre à la *Mitchel Construction,* a reçu de ses camarades une pendule (et le courriériste de souligner : ce cadeau, offert en guise de souvenir, est plein d'humour, si l'on sait qu'un lieu-dit de l'île s'appelle *Dead-Times*). Le 17, les journaux ont annoncé : *Tritan's last day at school and work* et photographié Yvonne et Laurie Beretti quittant *Hardley School* avec leurs livres et un transistor qui leur permettra, paraît-il, d'écouter les programmes d'outremer pour enfants. Le lendemain ils ont donné le nom du bateau qui cette fois emmènera directement les insulaires chez eux. Un jeu de mots trouvé par Hugh a droit aux capitales : BORNE HOME ON THE BORNHOLM.

Les détails abondent. Dix-sept jours de traversée prévus, sans escale. Le *Bornholm,* liner de 4 785 tonnes, qui navigue d'ordinaire entre Copenhague et les Canaries, a été loué par le C.O. à une compagnie danoise. C'est le solde de la souscription nationale qui paiera les frais. Les cales avaleront vingt-sept tonnes de patates, sept de grain, des dizaines de caisses de thé, de sucre, de biscuits, de fruits, de conserves, un équipement hospitalier comportant notamment des appareils nécessaires à la radiographie, à l'anesthésie. La liste, la variété des dons est encore une fois impressionnante : deux générateurs offerts par *Petters and Co* de Hamble ; un lot d'outils, cadeau de la firme *Skaub ;* un hangar métallique, envoi d'une usine de Leeds ; cent soixante-quinze poulets de la *Golden Produce Ltd,* du marché de Harborough ; mille bas de nylon, cinquante layettes, cent coupons de tissu provenant d'une maison de gros ; des bonbons, du chocolat, des gâteaux, ainsi que de la bière, du gin, du whisky formant trois cents paquets-surprise pour le Noël des petits et des grands ; six bergers allemands, pour accompagner Sweep ; une collection d'objets du culte, notamment des fonts baptismaux, des nappes d'autel, des missels, présents des églises de Fawley, de Lymington, du diocèse de Winchester. Le gouvernement a commandé une barge équipée d'un moteur qui devrait pouvoir transborder les poids lourds. On n'a pas oublié le fameux harmonium, porteur de cette plaque d'ivoire où figure le nom de la donatrice. La reine, sachant que la marine l'a ramené en piteux état, a donné l'ordre de le réparer.

Le 19, bilan. *Some Tristan decide to stay.* Il y aura quatorze réfractaires. La communauté a eu six morts. Mais huit enfants sont nés en Angleterre et si quelques filles ont épousé des Anglais, dix autres jeunes se sont mariés entre eux. La B.B.C. de son côté, a convoqué vingt-cinq insulaires qui, sous la houlette du pasteur, se sont rendus en car à Londres et ont participé à l'émission *Voir et croire,* pour tâcher d'expliquer aux téléspectateurs quels motifs les poussent à repartir, à rejeter le siècle, à poursuivre si loin le bonheur perdu. L'impression sera le lendemain résumée par un chroniqueur : *La résolution ne fournit pas d'éloquence et celle des mots de toute façon ne vaut pas celle des faits. Allez, Tristans...*

Le 23, c'est le cri que toute la presse répète. *Allez, Tristans !* Le jour est faste. On s'écrase, à Londres, sur les gradins du stade pour assister au match de football *Angleterre-Reste du monde,* que les Britanniques vont gagner par 2 à 1. On se presse à Calshot dans l'ancien réfectoire de la R.A.F. où se donne un grand dîner d'adieu organisé, comme un exercice, par une section du *Civil Defence Corps.* Pas de poisson, notent les journaux, mais du bon bœuf argentin qui a fait pour paraître sur la table à peu près le même chemin que les convives vont faire à l'envers pour la quitter. Pas de discours au dessert, mais un compliment, lu par un enfant, pour remercier Mrs. Greenwood et ses adjointes. Très tôt tout est terminé : les Twain se précipitent pour aller ficeler les derniers paquets et se mettre au lit : comme on emporte tout, y compris les meubles — puisqu'ils furent payés par le Fonds — il faudra se lever à cinq heures pour le déménagement.

*

Et le lendemain, Baptist, Susan, Matthew, Amy, Stella, escortés par le jeune ménage, descendront les derniers du troisième autocar, un pullman bleu à hauts dossiers renversables, venu se ranger sur le quai derrière deux autobus verts, eux-mêmes précédés par de longs camions Pickford, d'où les mâts de charge extraient les bagages.

Un caquetage assourdissant, coupé d'aboiements aigus, monte des cales où sont enfermés dans leurs casiers à claire-voie les poulets et les chiens. Un peu partout dans l'immense port raclent les chaînes, grincent les grues aux rouages gras, emperlés d'eau.

Il pleut, pour changer. Les journalistes, dont Hugh, les photographes, les représentants de la mairie, du comté, du Service féminin, de la Croix-Rouge — les mêmes, à quelques têtes près, que deux ans plus tôt — s'interpellent sous les parapluies qui voltigent, hissés haut pour reconnaître, rabaissés pour causer un peu. La doyenne Jane, à qui le lord-maire a fait remettre un bouquet de roses du Hampshire, est déjà montée. Agatha Loness, également fleurie, a franchi la passerelle rapidement, refusant de se retourner sur ce pays d'où elle repart veuve. Ralph est passé ensuite, tout seul, tout raide. Puis Esther Grower, portant Selina. Susan embrasse sa fille, son gendre et, la larme à l'œil, entre à son tour avec les enfants. Même scène pour Norma Beretti, dont les jumelles sanglotent dans leurs gants. Mais Simon, qui a retenu Baptist et Elias, pour faire nombre auprès des délégations, serre des dizaines de mains : celle de Lady Hawerell, venue tout exprès de Londres, celle de Mrs. Greenwood, celle du pasteur Read... Il pleut de plus en plus et la foule s'éclaircit. Le chapeau des scouts en culotte kaki qui assurent le service d'ordre dégouline, tandis que reculent sous les auvents les petites jeunes filles en jupettes plissées, porteuses de pancartes qui se délavent.

Enfin la sirène meugle. Baptist, Elias et Simon disparaissent pour aller s'accouder à la rambarde du pont supérieur à côté du père Brown.

— Envoyez-moi de temps en temps un écho ! crie Hugh Folkes.

Encore quelques échanges de vœux, quelques cris vers des parapluies où s'abrite Jenny, où s'abrite Loo, et le *Bornholm* décolle du quai, dans un envol de mouchoirs qui donne aux ponts l'allure d'un accrochage de lessive par bon vent. Le voici de travers, poussant vers les balises. Un grand cargo le croise, battant pavillon panaméen. Ce n'est plus qu'un petit liner, qui laboure un sillage recroisé par vingt autres, qui s'enfonce peu à peu dans la brume, dans les gris crayonnés de noir par les fumées, dans l'indifférence du trafic, dans l'oubli.

6. L'épreuve

Ralph, son sac tyrolien aux épaules, avec deux oiseaux dedans, regardait devant lui, plein nord. Ce belvédère il le connaissait bien : au terme d'une ascension courte, mais haletante, il y était dès onze ans bien souvent monté, surtout dans les moments difficiles où « battre les hauts » signifiait pudiquement regarnir son garde-manger. L'endroit ne s'appelle pas pour rien *Big Hump* : aucun n'est meilleur pour embrasser d'un regard toute la colonie, en contempler la carte étalée entre mer et falaise. L'océan était vert : d'un jade impur, parcouru de filets plus foncés par les courants, strié de brun par les algues. Le ravin du torrent Hottentot retentissait de cascades, se hérissait de moignons secs, stipes défunts mêlés à d'autres pieds, bien vivants, de ces étranges fougères qui ressemblent à des palmiers nains et se mêlent à un fouillis d'herbes hautes, d'arbrisseaux tordus, où s'abritent les nids de vingt espèces.

— Un an a passé, fit Ralph, et ce n'est toujours pas commencé.

— Ce qu'ils ont perdu de temps ! dit Joss, planté à trois pas de son beau-frère et en train d'étrangler un bec-jaune éparpillant son duvet dans un dernier battement d'ailes.

Il y a toujours des *ils*, partout, qui servent de responsables. Le vrai pourtant sous leurs yeux signait bien son délit. En face le bon passé : la bouche du Big Sandy, le delta à cinq branches du Hottentot, *l'Établissement* avec le groupe administratif et les maisons disséminées comme les pierres d'un gué. Mais à droite le mauvais présent

handicapait encore l'avenir : l'énorme, le long amas,
couleur de coke, où sinuait la mince route neuve,
péniblement ouverte au pic, écrasée à la hie, mais dont
l'inclusion providentielle, la petite tache glauque du lagon
restait séparée de la mer par sa bride volcanique, intacte.

— Les Abel n'en peuvent plus, reprit Ralph. Ce qu'ils
avaient mis de côté en Angleterre, ils l'ont laissé à leurs
filles pour les dédommager de leur part de maison. Ils
sont revenus sans un sou. Tant que le vieux a pu travailler
à la route, ils s'en sont tirés. Mais maintenant, avec son
pied écrasé ? Qui peut attendre encore ? Pas la moitié des
gens.

— Si au moins nous avions le frigo, dit Joss, enfour-
nant dans le sac son oiseau mort.

Il regardait fixement, au-delà des chaumières aux
lourdes cheminées d'angle lâchant des filets bleus, l'autre
chantier de l'espoir : pour l'instant simple étendue de
terrain, piquetée, mais d'où ne montaient pas de murs.
Ralph haussa les épaules :

— Pêcher pour nous et pêcher pour l'usine, ça fait
deux, grogna-t-il. Pas de port, pas de vrai boulot : tout se
tient. Tu sais bien que déjà la vieille estacade nous posait
des problèmes.

— On rentre, fit Joss. Trois prises, ça fait le compte.
On n'a pas droit à plus : il paraît que ça dépeuple. Je
garde un oiseau, tu prends l'autre ; je donnerai le
troisième aux Abel.

Les pieds de travers, ils commencèrent à descendre
jusqu'aux pâtis où les moutons, récemment débarqués
par un bateau des îles Falkland, tondaient une herbe
jaune entre les éboulis sous l'œil indifférent de Neil et de
Stella, assis côte à côte sur un bloc de basalte et qui
laissaient l'infatigable Sweep encercler le troupeau
d'abois sonores.

— La paix ! cria Joss au collie, en louchant sur la main
du garçon point trop éloignée du sein naissant de sa sœur.

Neil siffla, sans bouger d'un pouce. Stella se renversa
tout en arrière, battant des pieds, et sa jupe haut relevée

laissa deviner dans un éclair, à la racine de superbes cuisses sombres, une blanche culotte.

— Allons ! Tu n'es plus une gamine, protesta son aîné, en s'éloignant.

Mais lui-même, arrivé aux premières clôtures, rétablies à grands coups de maillet qui durant des mois avaient saturé l'écho, plus sensible qu'ailleurs sous la conque de rochers, ne put résister à son enfance.

— Ho ! ho ! lança-t-il, les mains en porte-voix.

La falaise répéta. C'était l'heure de la traite et les femmes, quelques-unes en bottes de caoutchouc et coiffées d'un capuchon de plastique transparent, plus imperméable aux bruines que la fanchon, tiraient en plein champ leurs vaches rousses, restées trop sauvages et trop entraînées au coup de sabot pour ne pas conserver l'entrave. De maigres giclées de lait pissaient blanc dans la seille de Ruth, accroupie dans l'herbe, quand Joss parvint à sa hauteur :

— Faudrait que je lui bricole un escabeau, dit-il, l'œil attendri par la rondeur déjà nette de son ventre.

Mais Ruth se relevait :

— Walter vient de passer, dit-elle. Les chalutiers embaucheront vingt-quatre hommes et il y en aura bien le double sur les rangs. Mieux vaut t'inscrire en tête de liste

Elle s'arrêta, car Joss talonnait l'herbe :

— Si j'y vais... souffla-t-il.

— Si tu y vas, tu ne seras pas là pour la naissance, acheva Ruth, plus brave. Mais si tu n'y vas pas, nous n'aurons plus un sou.

— Salut ! dit Ralph.

Ruth se retourna : son frère repartait à grands pas, accrochait au passage son sac tyrolien au portillon paternel et filait droit devant lui par l'ancienne traverse de la grande plage, enjambant les blocs restés sur place depuis les avalanches.

— Le cafard ne lui passera donc pas ! dit Ruth, empoignant la seille.

— N'oublie pas le cours ! cria Joss.

*

Au bout de ce qui restait de la sente, Ralph débouchait sur le chaos dominé par le chaudron refroidi. Effrayés par ce paysage lunaire, d'où montait encore une vague odeur de soufre, les gens n'aimaient pas s'aventurer de ce côté, bien que déjà les plaques de mousse rase et même quelques touffes d'herbe eussent commencé à reverdir les ponces. Un an ! L'exil, qui lui avait semblé si long, n'en avait duré que deux pour aboutir à cette fuite de mois, à ce présent continu qui se laissait interminablement ronger, comme la côte, par l'horaire des marées. Gladys s'était mariée, il l'avait su avec une saison de retard par une lettre de sa cousine. Il en avait pris son parti. Mais depuis quelques semaines l'idée de l'avoir sacrifiée à un échec, d'être revenu pour rien dans une île condamnée à la misère, soulevait en lui de vraies crises de fureur. Ils pouvaient faire les braves, tous, assurer qu'ils ne regrettaient rien, que l'air du pays les payait de privations provisoires... Ralph les surprenait chaque jour, les mines de sa mère, fouillant dans le placard, celles du magasinier obligé de rationner la farine, celles des pêcheurs tournant autour de leurs chaloupes et obligés, comme dans les temps anciens, de vider les bourriches pour en fumer le poisson en prévision de l'hiver.

Le soir tombait plus rapide sur la côte est, que l'aurore frappe en plein, mais que sépare du soleil couchant l'écran de la montagne. Parvenu au bord du talus noir, là même où s'étaient si furieusement battus l'eau et le feu, là même où sous trente mètres de lave devaient être enfouies les ruines calcinées de la conserverie, Ralph, soudain, ramassa ce qui lui tombait sous la main et se mit à lapider la mer. Les vieux étaient trop calmes, trop résignés, trop contents de pouvoir s'allonger bientôt sous l'herbe de la plaine ! Un bout de route, une petite tour ajoutée à l'église, quelques travaux à un shilling l'heure, servant de prétexte à une distribution soigneusement répartie de bas salaires, de vraies aumônes, était-ce donc là le prix de la fidélité ? Avec leurs minces crédits, les responsables faisaient leur possible. Mais Londres ? Quand on ne dispose plus du fait divers, de l'énorme réclame exercée par un volcan, quand on n'est plus qu'une poignée d'hommes relégués sur un îlot à des milliers de milles des bureaux où les choses se décident, que pèse-t-on ? Comment faire comprendre aux ronds-de-cuir, un moment excités par des photos, des articles, qu'on n'attend plus d'eux des bénédictions, mais du ciment, du fer, des marteaux-piqueurs ? Qui peut le plus peut le moins. A la pluie de cadeaux inutiles — dix jouets par enfant, vingt paires de bas par femme — qui avait submergé les camps, un bon prêt ne pouvait-il succéder ? Il avait raison, Simon, de répéter sans cesse : *Ce retour, nous l'avons voulu pour notre paix. Mais eux aussi l'ont voulu, pour la leur. La légende dont nous avons bénéficié, nous risquons d'en rester les victimes. Nous sommes les bons sauvages qui avons choisi le passé. Est-ce qu'un sauvage a besoin de moteurs ?* Langage nouveau, dans l'île, mais dont les jeunes se sentaient solidaires : ils n'étaient pas rentrés, eux, pour qu'elle restât la même, mais pour y retrouver ce qu'elle avait d'inexportable, amélioré par les leçons de l'exil. Tristan, oui ! Mais Tristan avec un port, une usine, des moyens suffisants. Avec le progrès, quoi ! Le mot ne faisait plus guère grincer que cinq ou six vieux, et encore n'était-ce pas si sûr. Ce qu'ils avaient refusé, avec raison, c'était le spectacle des *Extérieurs* : gaspillage, surenchère, mépris de ce qu'on a, folie de ne savoir jouir que d'autre chose. Ah, Tristan refusant le retard, comme l'emballement ! Jeune, dans son vieil esprit...

Et voilà que sur un dernier caillou, lancé plus mollement dans la mer, assombrie, passée au vert bouteille, Ralph éclatait de rire. Le vieil orgueil aussi, il était là, faisant de trois cents bons bougres le peuple élu des confins de la terre et le renvoyant, lui, de la rage au rêve. Il tendit l'oreille. Un mugissement puissant, sur une seule note, montait de la frange indécise des grandes algues où se déplaçaient lentement deux masses noires, lisérées d'écume. Appel du mâle en rut ? Coup de trompe lancé à son petit par la mère cachalot, avant de piquer aux profondeurs de la jungle sous-marine, farcies de calmars géants, de poulpes à huit bras hérissés de ventouses, son terrible régal ? Non, ils n'étaient pas vains dans cette forte nature le calme, l'effacement, la douceur d'exister en dehors de l'histoire, dans le seul luxe d'un espace habité par moins de dix hommes au mille carré, dans l'infini grouillement de la grande saumure. Mais cent cinquante ans après les pères pionniers, fondateurs d'un refuge au goût de leur époque, n'étaient-ils pas, leurs fils, du seul fait du retour, pionniers aussi pour les y prolonger en des temps moins naïfs ?

Ralph se mit à courir vers ces lumières qui s'allumaient, l'une après l'autre, derrière les fenêtres basses. Le cours ! Il serait en retard. Butant dans l'ombre sur les aspérités de la coulée, il s'étala deux fois pour repartir plus vite. Quand il poussa la porte de l'école, ils étaient déjà là, les studieux, ceux qui avaient pris en Angleterre le goût d'en savoir plus long, qui bientôt assureraient le relais et que Walter lui-même appelait « ce sacré conseil des jeunes » : Ulric Ragan, Joss et Matthew Twain, Tony Loness et Bill, son frère, près duquel Ralph s'assit. Tant bien que mal et bafouillant parfois quand sévissait le fading, Cecil Amery, l'agronome, répétiteur improvisé, traçait au tableau un schéma de dynamo, tandis que du transistor posé sur un pupitre sortait la voix de ce lointain professeur incapable, sûrement, de deviner à quelle distance et dans quelles conditions il enseignait ceux-ci.

— Ce n'est pas fameux, ce soir, dit Cecil en réglant ses boutons.

Des insulaires, il s'en réunissait aussi, loin de Tristan. En attendant le pasteur Read qui enlevait son surplis dans la sacristie, Hugh avait fait le tour de l'église. Bien mauvaise, mais attendrissante, cette croûte représentant le cône et soigneusement rangée sous la vitrine à côté d'un coracle miniature et de quelques éclats d'obus ramassés en 1942 dans le cimetière ! Pourquoi cette persistance de l'intérêt de la paroisse envers ses anciens fidèles ? Au tableau des annonces restait fixé par quatre punaises un vieux numéro du *Tristan Times*. Comme Hugh y jetait un coup d'œil, survint le révérend :

— Il date d'au moins trois mois, dit-il, mais je l'affiche toujours. Près de la moitié de ceux qui sont restés résident encore à Fawley et tous me considèrent comme agent de liaison. Je les réunis de temps à autre après le culte. C'est même pour cela que je vous ai fait signe : nous avons un service à vous demander.

Commençant à dégrafer le haut de sa soutane, dont son petit garçon déboutonnerait le bas dès son entrée au presbytère, le pasteur franchit à pas sonores le bout de route qui le séparait des toasts et du thé autour de quoi devaient déjà être attablés ses hôtes :

— Comme on pouvait s'y attendre, nos amis ont éprouvé là-bas de grosses difficultés, reprit-il en poussant la porte. S'ils ont pu tenir, c'est grâce à leur incroyable frugalité et aux économies qu'ils avaient faites. Mais il y a des limites à tout.

— J'en ai vaguement entendu parler, dit Hugh. Pour

être franc, je dois dire que mon rédacteur en chef a
haussé les épaules quand je lui ai proposé une enquête...
Ça va, ils l'ont voulu, leur trou, non ? Qu'ils y restent !
— Le trou est creux, reprit le pasteur. Encore un peu
et nous pourrons mettre une dalle dessus. On en a trop
fait d'abord et ensuite pas assez. Quand la générosité
n'est plus un spectacle, elle croit se perdre. Entrez, je
vous rejoins.

Le petit garçon prévu venait de se jeter dans ses
jambes. Hugh traversa le couloir, déboucha dans la salle
et haussa les sourcils. Il y avait au moins quinze personnes
autour de la table : de quoi exercer cette mémoire que les
bons journalistes partagent avec les inspecteurs de police
et les rois.

— Voilà mon carré de dames ! s'exclama Hugh.
Soixante lignes, à la deux, avec cliché de trois quarts sur
les voiles. Loo, n'est-ce pas ? Et vous, Jenny. Je connais
aussi Monsieur. Mais vous, excusez-moi d'avoir oublié
votre nom, il me semblait que vous étiez reparti. N'est-ce
pas vous qui, sur le quai, devant le *Bornholm*...

— C'était moi, fit Elias. Je suis parti, mais aussitôt
rentré, par le même bateau.

Le pasteur revenu, en civil, précisait maintenant :
Mrs. Maker, Mrs. Hardy, Mr. et Mrs. Wing... Hugh s'y
reconnaissait moins. Toutes ces filles avaient changé de
nom, acquis du mari, du bébé, de l'aisance à suivre la
mode. Une famille restait plus insulaire, avec des yeux de
faïence incrustés dans le bronze : des Lazaretto, habitant
Tristan Close, une impasse proche du camp rebaptisée
ainsi en souvenir du séjour de la communauté, que
remplaçaient désormais, dans les baraques de Calshot, les
ménages d'ouvriers travaillant aux chantiers de la Cen-
trale électrique. Mais Elias, suivant Hugh pas à pas et lui-
même talonné par Esther, sa femme, semblait très
désireux de raconter son histoire.

— Ça s'est donc mal passé ? demanda Hugh.
— Plutôt ! fit Esther. Quand on a vu la maison
brûlée...

— Je le savais, dit Elias, mais c'est le talus de cendres au-dessus, si proche, qui nous a paniqués. Et puis il faut bien dire que, malgré la barge, le débarquement a failli tourner au désastre. Les gens ont pu passer sans trop de mal. Mais la tempête a forcé ensuite le *Bornholm* à rester sur ses ancres pendant dix jours. Ça sautait si fort que la cargaison a été transformée en soupe dans les chaloupes et des colis enlevés par les lames. Ajoutez au tableau un mort : August, qui venait de sortir de l'hôpital contre l'avis des médecins et qui a fait une péritonite. Si d'autres ne sont pas repartis avec nous, c'est par frousse de retraverser. Il faut croire que l'administrateur a jugé la situation grave puisqu'il a lui-même filé au Cap pour réclamer un port. On m'a écrit, depuis, qu'il était revenu avec un plan. Mais ça traîne.

Alors Nola, Jenny, Elias, Loo se mirent à parler tous à la fois :

— Avec ça, toutes les malchances ! La récolte de patates a été ravagée par les vers. Le plant fourni était contaminé.

— Comprenez bien ! Pas de travail, pas d'argent. Pas de moutons à tuer, ni de volaille : on doit garder les reproducteurs. Une pêche limitée. Restait la pomme de terre et elle a manqué.

— Même les conserves les ont trahis ! Personne ne sait pourquoi, mais il n'y a plus personne qui n'ait les dents gâtées.

— Croyez bien que j'ai regretté de partir, mais quand je vois ce qui se passe...

— C'est ce que je dis à mes parents, à chaque lettre : venez-vous-en ! Mais mon frère les retient tant qu'il peut.

— La moitié des gens s'en iraient, maintenant, s'ils pouvaient. Mais le voyage coûte cher. Ce qu'il y aurait au bout, ils l'ignorent. Ils savent seulement qu'ils se sont mis dans le pétrin, qu'ils ne sont pas retournés à 1960, mais à 1820.

— Je crois qu'Elias exagère, dit le pasteur. Nos amis avaient spéculé sur une reconstruction rapide. La plupart

l'espèrent toujours et s'accrochent. La seule question
est : pourront-ils tenir, sans aide ?

— Je vois, dit Hugh. Ils vous l'ont demandé ?

— Non, bien sûr, vous connaissez les Tristans. Ils se
sont toujours débrouillés seuls. Quand nous les acca-
blions de cadeaux, je ne suis pas sûr que leur répugnance
pour la mendicité n'ait pas contribué à les rejeter vers
l'île. Ils ne réclament rien. Notre démarche est purement
personnelle.

— Nous, nous pouvons la faire, reprit Elias. Nous ne
sommes plus dans le coup.

Hugh sourit. Elias l'était en plein, dans le coup, comme
les autres, marqués pour la vie par leur naissance au bord
du Watron, par le souci — et sans doute le remords — de
voir leur île manquer sa résurrection. Leur présence
même, la passion avec laquelle ils se tenaient au courant
de tout et plaidaient pour leurs parents le prouvaient
assez. Mais qu'y pouvait-il, lui, journaliste de peu de
poids dans une feuille de province ?

— Vous connaissez la presse, dit-il à regret. Elle ne
fera pas campagne sur un petit écho.

— Lady Hawerell se charge de Londres, reprit le
pasteur tranquillement. Quant à l'écho, il est de taille.
L'année prochaine tombe le cent cinquantième anniversaire du rattachement de Tristan à la Couronne. Un
timbre spécial est prévu. Vous voyez qu'il n'y ait plus que
des phoques pour commémorer la fondation ?

— Voilà qui devient sérieux ! dit Hugh, presque sans
ironie.

Il s'assit pour étendre une main vers l'assiette de
sandwiches. Il titrait déjà dans sa tête : PETITE ILE, TE
FERONS-NOUS REGRETTER D'AVOIR DIT NON
A LA GRANDE ? Il réfléchissait à son papier qui, parmi
cinquante, allait faire mousser l'étonnement, donner aux
uns l'occasion de crier : *Mais enfin est-ce qu'ils savent ce
qu'ils veulent ?* et à d'autres la joie de battre leur mea
culpa sur la poitrine d'autrui. Certes il ne pouvait pas
deviner qu'une série d'abandons, dont celui d'Abel, frère

du headman, allait lui fournir, aux yeux de son rédacteur
en chef, un brevet de clairvoyance. Mais il ne doutait plus
de la suite. Le timbre changeait tout. On peut laisser
languir une population. On ne peut pas maltraiter un
symbole.

*

Et en effet, avant l'hiver, ils l'auraient reçu, les
Tristans, leur matériel : des marteaux-piqueurs, des pal-
planches, des caisses de dynamite, une pelleteuse, un
ponton-grue à flotteurs pneumatiques avec son grutier et,
pour tirer des plans, pour coordonner les efforts d'une
nouvelle année, un ingénieur des ports de Sa Majesté.

7. La reprise

C'est quatorze mois plus tard, après le changement de staff, qu'eut lieu le grand coup de pétard.

Depuis la veille, on le savait, les forages étaient terminés, les fils en place, la boîte de commande prête à fonctionner. Ce ne serait pas la fin des travaux, depuis longtemps enfoncés dans les obscures préparations : creusement d'un chenal, approfondissement du lagon, extermination des saillies rocheuses, construction d'un quai et d'une rampe à bateaux, le tout ponctué d'explosions sourdes, suivies d'interminables corvées de déblayage. Mais c'en serait le plus spectaculaire.

Aussitôt après le déjeuner, malgré l'aigre vent d'avril, les familles commencèrent à monter vers « la digue » : nom décent et après tout office futur de la coulée. Toute la nouvelle équipe y était déjà, bien reconnaissable à ses chapeaux et maintenue à prudente distance par une douzaine de garçons postés par Robert, sacristain-électricien promu artificier. Il y avait là, outre Walter, Ned, Baptist et Simon, assistés de Joss — récemment rentré de Gough avec le *Tristania* —, le nouvel administrateur Piers Nicoll, le nouveau médecin docteur Finley, le nouveau curé révérend Dewter, le nouveau radio Alec Kumming, tous descendus du même bateau qui avait remmené le staff sortant, accompagné hélas ! d'un second flot de fugitifs. En face, grâce au surplomb et malgré l'éloignement, on distinguait fort bien, de l'autre côté du lagon, des hommes en train de courir sur la bride volcanique, partiellement arasée, transformée en brise-lames. Halé

par la barge à moteur, le ponton-grue se laissait ballotter
par la houle. Trois chaloupes tournaient autour, prêtes à
intervenir en cas de rupture du câble. L'ingénieur apparut
au tournant de la route, taillée dans la lave en prolonge-
ment du quai :

— Cinq minutes ! cria-t-il, en obliquant vers son P.C.,
simple abri de pierre sèche adossé à un éperon rocheux et
surmonté du fanion d'interdiction de passage.

— Cinq minutes, je peux encore attendre ça, dit
Baptist, à mi-voix.

Et plus haut, tourné vers l'administrateur :

— Vous avez de la chance d'arriver maintenant. Le
pire est passé.

— Il reste beaucoup à faire, dit Piers Nicoll, sérieux.

— L'évêque pourra venir sans se faire piéger ! dit Ned
sur un certain ton.

Le révérend sourit. Il connaissait déjà l'aventure
récente du bateau de recherche venu mettre à la côte
quelques sacs de farine, vraiment indispensables, une Landrover, qui l'était moins, un taureau destiné à l'amé-
lioration du cheptel et l'évêque de Sainte-Hélène théoriquement descendu pour deux heures — juste le temps
d'une confirmation. De brise en grand frais, de *strong gale*
en *storm,* en dix minutes la mer avait piqué une crise et le
taureau, terrifié, était sorti de la chaloupe pour foncer
droit devant lui, déchaînant tout un rodéo. Quant à
l'évêque, bloqué par douze jours de tempête continue, il
avait enchanté les responsables bénissant le Seigneur de
posséder enfin un quatrième au bridge.

Cependant le radio considérait d'un œil critique l'ar-
mada de toile soigneusement renversée, la quille en l'air,
le long de *Garten beach.*

— Je ne comprends pas bien, dit-il. Pourquoi n'avez-
vous pas commencé par faire sauter le passage ? Vous
auriez pu vous abriter dans le lagon en attendant.

Walter regarda Simon sans ciller. C'était toujours ainsi
quand « ils » arrivaient : comment, sans avoir vu, se faire
une idée de la fréquence et de la puissance des coups de

torchon ? Puis, cillant cette fois, Walter regarda Joss qui répondait le premier :

— Sans l'isthme, impossible de protéger les travaux.

— Le béton n'aurait jamais eu le temps de prendre, dit l'administrateur.

Walter sifflota curieusement. Bonne recrue, qui ne méritait pas ce qu'il venait de penser. C'était le quinzième administrateur qu'il voyait défiler. *Ils passent et nous restons :* vieille formule. Le pouvoir des *Extérieurs,* mince jadis, prenait de l'importance en raison même des efforts consentis, qui sauvaient l'île, non sans mettre en péril les vieilles libertés menacées de se réduire à ce qu'en pourrait supporter la technique. Mais tant vaut le titre que l'homme et il fallait l'admettre, on les choisissait bien : jeunes, d'ordinaire, assez polyvalents, mariés à des femmes qui avaient elles-mêmes un métier, comme Mrs. Nicoll et Mrs. Dewter, professeurs. L'air de l'île, il est vrai, gonflait très vite le poumon. Quand l'ouragan vous laisse en moyenne un jour sur sept pour mettre le nez dehors, le tonus devient autre. Étonnante chose, en vérité, que cette succession de diplômés dont la rigidité craquait en une semaine et qui, vite appelés par leur prénom, ne se dégoûtaient pas d'avoir à se colleter avec des difficultés sans gloire affectant un territoire minuscule ! L'avantage certes, avait son revers : à bon berger, bon chien, mais jamais bon mouton.

— Enfin, dit Joss, on va pouvoir travailler sérieusement.

— Je vous comprends ! dit Piers. Il est odieux de dépendre d'autrui quand on devrait pouvoir s'en passer. C'est même à mon avis une des explications de la crise des jeunes, chez nous. Les études les font dépendre si longtemps des familles qu'ils enragent.

— Voilà au moins un problème inconnu ici, dit Ned.

— Vous l'aurez, quand celui de l'instruction sera résolu.

— Les deux doivent pouvoir se résoudre en même temps, dit Joss.

L'administrateur lui jeta un coup d'œil si vif que Walter en rougit. Il les entendait bien, ses jeunes, élever la voix depuis les cours du soir. Mais ce souci n'effaçait pas l'autre, plus immédiat, plus humiliant. Il se retourna une seconde pour observer la tour, le toit neuf de l'église. Coût : 1 500 livres provenant d'une souscription. Son regard passa sur le Prince Philip Hall, retapé, sur le terrain de sport, presque fini. Coût : 800 livres, d'origine privée. Il revint par la conserverie presque achevée, vers le port dont s'écartaient les derniers terrassiers, leur pioche sur l'épaule. Coût : impossible à dire, sûrement élevé, à charge de la Couronne. Joss, Ralph, Ulric en prenaient aisément leur parti, en disant : *C'est normal.* Une fois Joss, le plus carré de tous, avait même ajouté, le doigt pointé vers les fonds d'où se remontent les langoustes : *C'est un prêt et notre banque, elle est là.* Ralph lui, parlait des timbres, supputant leur rapport, après tout lié à l'existence de l'île et remboursant déjà une partie de sa dette. N'empêche ! Walter ne se sentait guère soulagé et, pour s'être lui-même fendu d'une pièce d'argent, il devinait bien pourquoi, malgré la misère, elle était montée à £. 28. 10 sh., la quête du dernier dimanche pour le Basutoland.

— Attention ! cria la voix de Robert, sortant de l'abri, la barbe en bataille, pour une dernière inspection.

Personne en bas. Le ponton, la barge, les canots formaient un groupe compact, à bonne distance. Deux stercoraires piétaient, paisibles, sur l'isthme abandonné. Les dévouant aux dieux infernaux, Robert rentra sous la cahute. Un long coup de sifflet retentit, puis dans les dix secondes réglementaires un deuxième plus bref. De chaque côté du pont de laves l'eau sembla frémir, puis se vaporiser, pour se mêler à un nuage de poussière masquant tout à fait le soulèvement de la masse travaillée par vingt charges sur toute la largeur de la future entrée. Avec une demi-seconde de retard la détonation arriva, plutôt sourde et suivie d'un long gargouillement. Passé du vert au jaune ; le lagon ondulait, se renvoyait bord sur bord de boueuses giclées. Il s'apaisa et l'on vit aussitôt qu'il baissait : enfin libre de rejoindre la marée basse, l'eau se ruait par la brèche, encombrée de blocs éclatés, de débris, mais qui dans quelques heures permettrait aussi l'irruption du flux. Vingt pioches jaillirent en l'air, tendues à bout de bras, tandis que sautaient les bonnets, partout, le long de la digue. Du groupe des chapeaux plus réservé, se détacha le père Dewter qui leva la main pour une bénédiction, puis se retourna vers le headman :

— Nous l'appellerons *Calshot Harbour...* commença Walter.

Mais soudain il parut se casser. Il resta un instant plié en deux, puis se retournant partit à grandes enjambées, dégringola la butte pour se lancer à travers les pâtures.

— Qu'est-ce qu'il a ? dit le radio.

— Taisez-vous donc ! fit Joss.

L'équipe administrative, déjà, se retirait ; la foule aussi, qui avait compris. Walter, privé d'Abel, son frère, de Paul, son neveu préféré, qui s'était sacrifié pour assurer en Angleterre le pain de son père infirme, Frank du même coup séparé de Thea, sa fille unique, tous les Samuel, repartis en bloc, avec les autres, dont restaient closes les onze maisons... Le bilan était lourd, la victoire tardive et chèrement payée.

Mi-juin : un dimanche d'hiver comme les autres. Des hordes de nuages rapides, plus foncés, courent à travers d'autres, plus clairs, où disparaît complètement la *Reine Mary*. Les fumées, les branches, le linge, s'étirent d'ouest en est, sans répit. L'océan n'est qu'un tumulte circulaire de vagues explosant sur les falaises en gerbes immédiatement fauchées. Pas un chat du côté du port, dont il ne reste plus qu'à envelopper de filets les contre-pentes et à boulonner la grue, gisant sur le quai en pièces détachées. Abandonnés, chaloupes ou canots bâillent au ciel et s'entrechoquent en tirant sur leurs amarres. Toute la vie du village s'est réfugiée sur le terrain de sport d'où fusent les coups de sifflet.

Partie singulière dont aucun joueur n'arbore le même maillot et dont certains jouent en pantalon long ! Un hourra salue un but inattendu. Ralph qui a plongé en vain se relève, boueux, pour applaudir son vainqueur, Reg, gnome de douze ans.

— Beau shoot du vent ! confie Simon au docteur Finley venu jeter un coup d'œil et dont la canadienne se remarque aisément dans un public, tout de même clairsemé, de supporters en chandail.

Que le ballon obéisse mieux au pied qu'à la rafale, ce n'est en effet pas sûr. De toute façon, il y a deux mi-temps pour mettre ce champion dans chaque camp. Jouerait-on au football à Tristan s'il fallait s'arrêter à ces vétilles ? Match si l'on veut : il n'y a pas d'adversaire. Les équipes ont puisé dans le fonds commun ; elles se sont constituées, sur le terrain même, de ce que leur offrait la jeunesse : adultes ou gamins de toutes tailles répartis en fonction des performances et des nécessités : *Ralph avec nous, Joss avec vous. Prenez deux gosses de plus.* Si ça donne treize contre douze et si l'avant foisonne au détriment de l'arrière, comme le score n'a pas de sens, après tout, quelle importance ?

— Bon, c'est du patronage ! murmure le médecin qui s'éloigne, édifié, entraînant Simon.

— Si vous voulez, fait l'autre. Il serait vain de nier que le coin sent la cheftaine. Mais allez donc faire mieux ! Le village voisin se trouvant au Brésil ou en Afrique du Sud, nous manquons de challengers. Et puis, je le crains, nos garçons n'attachent pas la même importance que vous au fait d'expédier une boule de cuir dans la porte d'en face. Ils ne jouent pas contre. Ils jouent ensemble.

— Exact ! reprend Finley, hilare. Mais en fait de challenger, vous ne croyez pas que la vraie partie se joue entre ces jeunes gens et vous, désormais ? J'ai entendu parler de revendications...

— Exact ! dit Simon sur le même ton. Mais ne faites pas de comparaisons hâtives avec vos bons enfants. Le virus nous arrive, c'était fatal et même souhaitable. Mais il est atténué. Ici les deux camps sont d'accord sur le fond : communauté, d'abord. Même si quelques vieillards éternuent de saisissement, il ne s'agit après tout que de rajeunir les cadres.

— Qui, eux, veulent rajeunir les moyens ! Une machine, puis une autre et vous serez pris dans leurs engrenages. Vous allez devenir efficaces. Vous allez gagner de l'argent, satisfaire des besoins, en créer de nouveaux, en devenir tributaires, retrouver ce que vous prétendiez fuir.

— Ça m'étonnerait, dit Simon.

A marcher au hasard, les cheveux envolés dans le même sens que l'herbe, ils ont rejoint la route qu'un panneau ambitieux cloué sur un poteau appelle *Day Street* et qui pour des années sera chantier d'hiver, afin d'aller

rejoindre, bout par bout, le fond de la plaine et offrir de
quoi rouler à la Landrover de l'administrateur — réplique
d'autres voitures de fonction en service dans maints
territoires où la viabilité reste moins exigeante que le
symbole d'une souveraineté assise dans le mouvement.
Simon suspend son pas, regarde avec une émotion qui
n'est pas feinte ces maisons qui sont encore ce qu'elles
furent si longtemps : des barques au ras de la terre, bien
ancrées, uniquement sensibles à l'impératif de la boussole
qui les dispose face au nord. Sur une roche affleurante, à
vingt pas, est peinte une inscription : *ADC 1937*.

— Je me souviens du bonhomme, murmure Simon Un
matelot suédois. Il disait : « Dans trente ans, quand vous
saurez ce que la vie est ailleurs, il n'y aura plus personne
ici. »

— Justement, vous le savez, dit le médecin. Vous le
savez si bien qu'après nouvel essai cinquante des vôtres
n'ont pas pu résister et que, pour retenir le reste, vous ne
songez qu'à galoper derrière nous.

Simon tire sa montre : un très vieil oignon de fer, qui
flotte dans un boîtier au verre presque dépoli.

— Il y a conseil ce soir, dit-il, et justement je veux
reparler de ça. Je crois que vous confondez deux choses
que nous avons nous-mêmes longtemps confondues.
L'exil nous a beaucoup servi. Il nous a montré que nous
avions raison de défendre un privilège : celui de dire oui à
ce que nous sommes... Celui, je lâche le mot, tant pis ! d'y
trouver le bonheur. Nous avons été tentés, en vous
voyant dire non, sans cesse, à ce que vous êtes, de
suspecter vos avantages, de les rejeter en bloc. Mais nous
avons compris, maintenant, pour la plupart — et les
jeunes les premiers, par qui tout passera — que nous ne
pourrions supporter un trop gros décalage. C'est faute de
voir comblé assez vite notre retard que nos amis sont
partis. Sinon, ils seraient restés ; et rien ne prouve que, la
chose faite, ils ne reviendront pas. La nature, dans le
coin, serait plutôt brutale et il n'y a que la technique à

pouvoir la mater. Mais il ne faut que ce qu'il faut : rien de moins, rien de plus.

— Vous êtes attendrissant ! dit Finley, qui torture un briquet à essence sans arriver à allumer sa cigarette. Le monde entier cherche la solution. Pas de bière sans levure. Pas de modernité sans ambition : c'est le virus qui la crée.

Simon tâte sa poche, en tire un vieil engin dont le cordon d'amadou fait quatre beaux nœuds ronds et le tend au médecin :

— Je prends la bière, gardez la mousse, fait-il d'une voix têtue.

Jour faste. La nature même a voulu le marquer, en faisant échouer à l'embouchure du Big Sandy, tout près de la bien nommée *Sea Elephant Bay,* un macrorhine de trois tonnes. Le géant à trompe fut longtemps la providence des îles du Sud : ce qui ne fit pas la sienne et l'a rendu rare, malgré l'emploi du kérosène qui l'a sauvé, sans doute, ainsi que les manchots, autres fournisseurs d'huile, de la disparition. Celui-ci a claqué du battoir, soufflé, rauqué durant trente minutes sur une roche plate, puis s'est remis à l'eau avec sa grâce ordinaire juste au moment, où lassés de ses cris, certains commençaient à songer à son lard.

— On le tire ? venait de crier Ulric.

Par bonheur pour lui, les deux tiers du village, nettement moins pratiquants depuis son séjour dans le Hampshire, mais qui conseil en tête a tenu pour l'occasion à honorer l'office de 8 h 30, n'en étaient pas sortis et l'administrateur, seul susceptible d'accorder la permission d'abattre un animal figurant sur la liste de limitation, n'avait pas encore enlevé son surplis de sous-diacre.

*

Ceci permettra à la grosse bête de devenir « l'éléphant de mer du cent cinquantième anniversaire », de dater ce 14 août au même titre que le timbre commémoratif où figure l'ancêtre grenadier.

A 10 heures, du reste, sortant de l'église, cloche

battante, drapeau et bannière déployés, cent fidèles se sont retrouvés citoyens autour de la tombe : ce parallélépipède creux fait de blocs de tuf volcanique brunâtre, aux interstices pleins d'herbe, sur quoi, plus tard, a été scellée une stèle de marbre gris.

Pas de laïus. On aime la palabre à Tristan où les sangs siciliens et hottentots y prédisposent ; on aime moins les discours, dans l'esprit de réserve qu'inspirent les souches nordiques. Point de gerbe non plus durant ce long carême de visites ou de courrier qu'impose la barrière des tempêtes : les fleurs fraîches comme les fruits ou les légumes verts seront toujours en hiver des denrées inconnues.

La petite Pearl se détache du groupe, tenant dans la main droite trois roses de plastique et dans la main gauche un bout de papier. Devant les têtes nues, elle débite :

— Fidèles à ta mémoire, nous te remercions, grand-père, de nous avoir donné cette île où voici, autour de toi, tes enfants rassemblés...

On n'entend pas très bien la suite, courte et timidement bafouillée. La bannière s'abaisse, dont la hampe est calée dans le giron de Ruth, secrétaire de l'Union des mères depuis qu'Agatha a résilié ses fonctions de headwoman, abolies. Ralph, qui porte le drapeau, l'incline encore plus bas. Un hymne chanté par cœur, avec beaucoup d'*h* — un peu moins que naguère, tout de même — monte vers les poules de mer qui rôdent à mi-hauteur, vers les becs-jaunes et les Pe-o, qui planent à contre-souffle et qui viennent de redescendre du Nord pour les pontes. C'est tout. La cohorte, bourdonnante, rentre par les pâtis, très verts, très écossais, dont les murettes de pierre ont la couleur des peaux de phoque et sur quoi se détachent au ras de l'horizon les quatre pylônes de la radio, agrippés à la terre par leurs seize haubans et surmontant de très haut les tôles ondulées de la conserverie neuve.

*

Et les gens se dispersent pour le déjeuner dominical qui regroupe les clans.

Invité dans plusieurs foyers presque en permanence, Walter est allé pourtant manger, seul, chez Abel, c'est-à-dire dans sa maison : afin de se donner l'illusion d'y être reçu par son frère ; afin, peut-être aussi, de retarder le moment où quelqu'un ayant fils ou fille à caser fera remarquer que maison vide depuis longtemps peut revenir à la communauté. Après avoir cassé dans la poêle deux œufs au jaune très pâle et à l'odeur de poisson, glanés la veille dans un des premiers nids de la falaise, il battra mélancoliquement l'omelette en songeant à son neveu.

*

Homer et Olive Ragan, qui ont eu un agneau accidenté, le servent en ragoût au jeune ménage Tony-Blanch. Leur fille a quelques mois d'écart avec celle, agressivement blonde, qu'a laissée à Jasmin l'aviateur fugitif de Calshot et dont son grand-père dit, quand il est de bonne humeur :

— Cette mignonne, en un sens, elle renouvelle le sang.

Il y aura autour d'eux Ulric et Randal qui songeaient aux deux sœurs, Mildred et Dora « remontées » hélas ! avec tous les Samuel et qui font les frais de la pensée du père quand le met en fureur l'absence de petit-fils :

— Les uns ont manqué de cœur, les autres manquent de ventre.

*

Réunion joyeuse au contraire chez les Baptist Twain, déjà voisins des Ned Glad, déjà leurs alliés par Joss et Ruth, et qui fêtent les fiançailles d'Amy avec Ralph.

Réunion flatteuse chez les Grower, dont la grand-mère, Gilla, la sage-femme, qui a pratiquement accouché la moitié de l'île, vient d'être, pour cinquante ans d'exercice, nommée M.B.E. par la Reine.

— Comme vous êtes femme, lui a dit l'administrateur en le lui annonçant, Walter, lui-même, également *membre de l'Empire britannique,* vous doit le pas dans l'île.

Elle s'est fait longuement expliquer ce détail de préséance et comprenant enfin :

— Alors tout le monde est M.B.E. à Tristan, puisque la constitution interdit de s'élever au-dessus de quiconque.

*

Réunion du staff, enfin, chez le Dr Finley, dont c'est le tour mensuel. Pas de poule de mer, mais du poulet en gelée, tiré d'une boîte. Thé anglais, donc économie du lait dont l'inondent les insulaires, sans s'inquiéter des peaux. Le menu, comme partout, se ressent des restrictions et le dessert y sera du gâteau sec.

Mais la demi-douzaine d'enfants de l'équipe se sera échappée vers les mares pour y lancer un radeau de boîtes vides, en compagnie des gamins de Tristan, quand leurs parents auront terminé leurs cigarettes à filtre et décidé, vers 2 heures, de reprendre le cours des festivités.

*

Cent cinquante coups de gong pour alerter les oiseaux et les hommes. Bien que les vraies mises en service soient espacées, une flamme est hissée au bout de la grue, une autre sur le toit de la conserverie, une dernière sur la station, juste avant le duplex Angleterre-Tristan qui doit inaugurer l'antenne et va permettre aux absents de communiquer avec les présents par radio-téléphone, en attendant le relais des programmes.

A l'arrivée de l'administrateur et du médecin — le pasteur chante ses vêpres —, une trentaine d'insulaires recrutés parmi ceux qui ont perdu de la famille sont déjà dans le studio, assis le long des murs, les mains sur les genoux. Leurs jambes, toutes parallèles, ne se balancent pas, aboutissent aux souliers posés bien à plat sur le plancher. Ils regardent sans mot dire, à travers la double vitre qui les sépare de la cabine, s'affairer le technicien et son aide local, Arthur Lazaretto, qui fait ses premières armes et que leurs yeux enveloppent d'une certaine préférence.

— Tout le monde est prêt ? demande Walter.

— Un instant ! Je les ai, cinq sur dix ! crie Kumming, dont chacun peut voir les lèvres bouger entre les écouteurs écrasés sur ses oreilles, mais dont la voix sort du haut-parleur, boîte carrée posée sur la table près de la boule grillagée du micro.

Piers s'assied, mais le médecin ressort, passe de l'autre côté. Il se penche, oubliant complètement que le casque de l'opérateur l'empêche d'entendre et qu'au contraire le connecteur assure la liaison phonique avec le studio. Le haut-parleur répète fidèlement sa confidence :

— C'est un tour de force, Kumming, mais j'ai l'impression qu'il n'affole personne.

— Pardi ! fait Simon, décontracté. C'est moins difficile d'atteindre Londres sur une onde que Nightingale dans un canot par gros temps. On ne risque pas de se noyer.

— Vieux débat ! dit l'administrateur, qui a d'abord pouffé. Les anges aussi ont des pouvoirs, mais ils n'ont pas de mérites.

Quelques paupières papillotent dans l'assistance, qui a mal compris. Mais Kumming vient de brancher sur l'antenne : bruit de fond intense, craquements et dans ce maquis sonore une voix hachée de vibrations qui incite de chers auditeurs à patienter. Après un passage à vide, le bruit de fond renaît, fluide, discret, où se détache une phrase nette : *Vous m'entendez, Tristan ?* Kumming répond que oui, renvoie la même question, qui reçoit la même réponse, un peu moins convaincue. Suit un *chapeau :* bref résumé de l'histoire de l'île, rappel de son désastre, annonce de l'anniversaire et d'un petit colloque avec ces isolés *qui par gratitude envers leurs hôtes, par affection pour leurs parents fixés en Angleterre ont voulu rester dans le même fuseau horaire et conserver l'heure G.M.T.* Puis c'est l'invite : *A vous, monsieur Beretti !* Et l'insolent miracle fait sortir de la boîte un grasseyement connu :

— Ici, Abel, ça va ?

— Ça va, dit Walter qui s'est précipité.

Chacun se presse autour du micro, sans trouver de salive. Mais le speaker, qui sait combien ces situations manquent de génie, meuble aussitôt pour demander aux gens de se présenter, simplement. Il réclamait des noms, mais l'habitude ne lui accordera que des prénoms, assortis de commentaires que nul ne peut retenir :

— Salut ! c'est Paul...

— Ici, Thea. Maman, le bébé est superbe...

— Samuel vous dit bonjour...

Tristan veut répondre et c'est le cafouillage. Maintenant tout le monde parle à la fois : de layette, de santé, de bises à faire suivre. *C'est papa, ma petite fille.* On demande lequel. *Moi, bien sûr,* insiste Robert. Agatha voudrait savoir si quelqu'un est allé sur la tombe de son mari ; Bob, s'il peut se servir, pour réparer sa cheminée, des grosses pierres d'angle de la maison de son frère ; Baptist, si son gendre est là avec sa fille ; Joss, s'il existe un type d'hélice spécialement conçue pour ne pas se transformer en pelote dans la traversée des bancs d'algue. Le speaker intervient, rappelle le minutage, propose aux frères Beretti de faire un bref résumé de leurs situations respectives. Walter passe la main sur sa calvitie et aussitôt lance un appel déguisé :

— Le port est ouvert, la conserverie achevée. La récolte de l'année a été meilleure. Encore un an et nous serons mieux ici que nous ne l'avons jamais été. Vous êtes partis trop tôt.

Walter peut d'un coup d'œil recueillir l'approbation des siens. Abel ne semble pas jouir du même appui ou de la même assurance :

— Ici, chacun se débrouille, dit-il. Forcément on ne s'est pas jeté sur nous comme la première fois. Les uns sont satisfaits, d'autres moins.

Soupir, puis aveu :

— Bien sûr, nous regrettons tous que Tristan ne soit pas dans la Manche.

*

Tenant sa chute, le producteur a coupé. L'administrateur, le médecin, qui se sont gardés d'intervenir, mais restent un peu déçus, remontent vers le Prince Philip Hall où l'on danse. Robert, Baptist sont à vingt pas. Les femmes suivent, en groupe serré, se chuchotant des encouragements, travaillées par ces voix qui ont ravivé le deuil des séparations. En queue Walter, souffrant d'un *stitch* — la sciatique du cru —, vient d'accepter le bras de Joss.

— Tu vas être content, dit-il. A la dernière réunion, nous sommes tombés d'accord. Le prochain conseil comprendra un tiers de jeunes. Nous vous devions bien ça.

Il va, clopinant. Les membres du conseil, en fait, ont déjà passé la main aux plus décidés de leurs enfants : Homer à Ulric, Baptist à Joss, Tom à Tony. Les Beretti auraient pu placer Paul. Du fondateur, le flambeau ne passa-t-il pas à son gendre, un naufragé danois, puis au gendre de ce dernier, Andréa Beretti, le naufragé génois, puis par sa fille Francès à lui-même, Walter, descendant direct de tous les leaders de la communauté, successeur naturel, encore que très régulièrement élu ? Mais peut-être est-ce mieux qu'il n'en soit plus ainsi, qu'un Twain ou qu'un Loness l'emporte maintenant.

— Enfin ! dit Walter. Maintenant nous avons tout.

— Tout, non, dit Joss, mais de quoi l'acquérir.

— Et que veux-tu encore ? Tu sais ce qu'il leur en coûte, là-bas, d'en avoir trop.

— Le risque n'est pas pour demain. Crois-tu qu'un

hôpital, ce serait un luxe ? Faudra-t-il que nos gosses s'arrêtent toujours au primaire ? Que le médecin, le pasteur, le radio soient forcément anglais ? Que l'esprit même de l'île, le refus d'être inégal, soit trahi par cette nécessité ?

Le signe d'élection maintenant, il est en celui-ci au bras de qui fatigue le vieux leader. Le vent, qui s'est levé, qui déjà atteint le *bon frais,* déchire les nuages sur des crevés de bleu.

— Tiens ! dit Walter, les yeux au ciel. Il est pressé, celui-là aussi.

Deux ailes battent sèchement derrière un cou tendu. Le printemps arrive qui ramène ce noddi, immigrant de septembre, avec quinze jours d'avance.

8. Tristan le nouveau

Cet ultime retour d'un groupe d'exilés s'était passé avec tant de discrétion que le paquebot glissait déjà au large du cap Finisterre, invisible dans la crasse, mais signalé par le va-et-vient des mouettes et le brame des cargos sortant de La Corogne, quand Paul, en train de lire dans le salon de classe touriste, vit se poser sur son épaule une main issue d'une manche galonnée :

— Monsieur Beretti, puis-je vous présenter monsieur Hugh Folkes qui se rend comme vous à Tristan ?

Son journal abaissé, Paul leva les yeux sur le commissaire de bord. A côté de lui, cet inconnu avec cravate à pois devait être un fonctionnaire, venant d'en prendre pour deux ans et soucieux de sourire à son premier administré.

— Thea va bien ? Je suppose qu'elle s'occupe du biberon, fit Hugh, s'asseyant sans façons dans le fauteuil voisin, tandis que s'éclipsait le commissaire.

— Son lait suffit ! dit Paul. Mais d'où la connaissez-vous ?

— J'ai assisté au double mariage de Fawley. J'en ai même tiré deux colonnes.

— Diable ! s'exclama Paul. J'ai l'œil gâté. Comme on en voit peu, d'ordinaire, on n'oublie jamais un visage chez nous. Mais qu'allez-vous y faire ? Il n'y a plus que les savants pour s'intéresser, de loin en loin, à Tristan.

— Justement, dit Hugh, ils nous ont mis la puce à l'oreille. Voilà longtemps que m'étonne votre chassé-croisé... Adieu Berthe ! vous repartez vers votre paradis.

Affaire classée, on ne doit plus vous revoir. Et puis deux
ans plus tard, vous voilà soixante-six dans les rues de
Southampton, grognant que décidément l'éden est de ce
côté. Est-ce réglé ? Pas du tout. Les mêmes au bout de
trois mois commencent à redevenir jaunes. A la fin de
l'année il en repart vingt ; puis onze en 67 ; puis six en 68.
Parmi d'autres, c'est votre tour aujourd'hui et pourtant je
me suis laissé dire que vous laissiez à Totton votre famille
et une situation de cent vingt livres par mois.

— Cent quarante, dit Paul. Pour le reste vous êtes bien
renseigné.

— J'allais de temps en temps aux réunions de la cure.
Vous, non, apparemment : je ne vous ai jamais vu.

— C'est la permanence de ceux qui ont choisi l'Angleterre, reprit Paul. Moi, j'étais de passage.

— Vous êtes resté quatre ans, tout de même.

Paul lui planta l'œil dans l'œil.

— Un père, une mère, deux sœurs, cinq neveux et
nièces, sans compter les beaux-frères anglais qui retien-
nent le tout, ça compte. On s'accrochait à moi. Et puis,
pour ne rien vous cacher je tenais à rentrer avec un brevet
de mécanicien de la marine en poche.

Complet de cheviotte anthracite, chemise perle, cravate et souliers de daim gris, cette élégance sortie de chez
Plummers, le magasin à l'angle de West Park, retournait
donc à la peau de mouton, aux mocassins de vachette ? A
première vue cela semblait cocasse. Mais au second
examen un rien de trop dans la lèvre, le grain de peau et
surtout la puissance des épaules gênées par le veston, le
regard noir tirant droit sur vous signalaient leur Tristan.
La forte main aussi, aux ongles cannelés, plus pâles que
les doigts.

— Je vous disais donc, reprit Hugh, que j'étais étonné.
Le patron beaucoup moins, qui grognait : Toujours tes
Tristans ! Mais la révolte des jeunes, un peu partout,
contestant notre sainte opulence ou prêchant la retraite
hippie dans la verdure, vous a réinstallés dans ses
pensées. Si vous êtes le XIXᵉ siècle égaré dans le XXᵉ,

comme on l'a répété, grand-père avait dit non, en somme, avant le petit-fils.

— Hé, dit Paul, j'ai vingt-six ans. Puis-je être l'un et l'autre ?

Sourcils froncés, sourire fendu, sa bouille faisait plaisir à voir.

— Ma foi, dit Hugh, ça expliquerait la suite.

— Le chien et le mouton ne sont pas sur le pré pour les mêmes raisons !

— Joli proverbe, je note ! dit Hugh, griffonnant sans vergogne sur un petit calepin vite tiré de sa poche... Bref, il a été question deux ou trois fois d'un reportage comparatif sur les différents réfractaires au progrès. Et puis le ronron, l'oubli, l'actualité . Enfin, ça ne s'est pas fait. Des mois ont passé, jusqu'à ce que me tombe sous les yeux, par hasard, le rapport du dernier sociologue, un certain Clark, qui décrivait l'invasion galopante de la technique dans l'île. Ahurissant, non ? Je ne savais plus que penser.

— La technique est la même à Londres et à Moscou, dit Paul. Mais vous savez comme moi qu'il n'en est fait nulle part le même usage.

— Et ce que vous en refusez, maintenant, c'est le nôtre. Précisément, je vais voir ce que vous en faites.

— Je serais bien déçu si ce n'est pas ce que j'espère, murmura Paul.

En face de lui une mouette voletait sur peu de brise. A quoi bon faire le sérieux, débiter des raisons ? Comme leurs oiseaux sont de modèle réduit dans ces très grands pays du nord, l'effort, l'émotion, la joie de vivre manquent aussi d'envergure. Une fois, de l'îlot *Inaccessible,* après une escalade à se rompre les os, Paul avait pu ramener vivant, pour le faire baguer, un *sonie* : déplié sur le sol qu'il labourait du bec, le grand diomède hurleur, du bout des ailes, touchait de chaque côté les murs de la maison ; et le plaisir de Paul, rompu, écorché de partout, pour un peu l'aurait fait éclater. Souvenir parmi d'autres : violents, aérés, que la chiche analyse des journalistes ne savait jamais faire entrer en ligne de compte parmi les bons mobiles de la fuite au grand sud. Le *sonie,* qui vit trente ans, devait encore s'enlever, en dix battements, jusqu'au pic. Mécanique admirable ! Sœur de celle d'un tracteur, après tout, si celui-ci n'est fait que pour vaincre la terre, comme un *sonie* triomphe du vent. Mais Hugh continuait à parler :

— Je prendrai donc avec vous, au Cap, la correspondance, si j'ose dire, pour Tristan. Je dois même vous remercier. Ce qui m'a longtemps arrêté, ce sont les frais et la difficulté de faire cadrer l'aller avec le retour. Interdit d'utiliser les H.M.S. qui parfois vous visitent. Impossible de monter sur un langoustier. Exclus encore, les baleiniers : même s'ils acceptent et passent à proximité, ils n'ont aucune raison de revenir. La seule solution — dérouter un des liners qui font la navette entre l'Afrique et l'Amérique du Sud — laissait le patron morose. A 2 000 livres le détour, pas question ! Mais comme on le fait pour votre groupe et que le bateau suivant doit rembarquer la moitié du staff, parvenu au terme de son mandat, je saute sur l'occasion.

— Vous faites bien, dit Paul. Une autre, vous auriez pu l'attendre plus d'un an.

Il se levait. Hugh le retint par la manche.

— Une question encore, s'il vous plaît. Je sais que les insulaires n'aiment pas beaucoup s'expliquer avec des étrangers. On dirait que ça les gêne...

— C'est vrai. Ils ont peur d'être naïfs. Ils ne savent pas au fond si leur genre de vie suppose un don ou dénonce une faiblesse. Mais allez-y.

Hugh, soudain embarrassé, évitait son regard. Il reprit, phrase par phrase, avec des pauses :

— La fuite de vos aînés a fait sensation. Mais je trouve plus singulier le cas de jeunes gens comme vous qui ont vécu des années parmi nous, qui s'étaient fait une place, qui pourtant s'en retournent... J'ai un fils qui conteste cette société, comme bien d'autres, mais il y vit, il en profite. En filant, sans bruit, vous la condamnez bien plus radicalement.

— Je choisis, dit Paul.

Son front se plissait, trahissant l'ennui d'un homme sûr de son fait, mais moins sûr de ses mots. Il ajouta quand même :

— C'est ma chance de le pouvoir. Votre fils, lui, n'a pas le choix. Pour tout dire, il y a des moments où je me sens un peu lâche. Du courage physique, là-bas, c'est tout ce qu'il nous faut. Nous n'avons pas à remuer des monceaux d'égoïsme, de prétention, de jouissance... Excusez-moi : votre vie ne remplit pas le cœur, elle remplit les poubelles.

Hugh le regarda s'éloigner, d'un pas sec, un peu talonnant. Celui-ci était bien le neveu de son oncle. Mais inconsciemment ne retournait-il pas, aussi, vers le seul endroit où, sans trop de concurrence, il pût compter parmi les meilleurs ?

Dans le petit bâtiment gouvernemental, à peine sec, qui regroupe les bureaux, les logements administratifs et la poste, les portes de la salle du conseil sont fermées. La séance s'achève.

Au fond sous l'emblème héraldique, entre les portraits de la reine et du duc d'Édimbourg, l'administrateur trône sur une cathèdre sculptée, un peu surélevée, matelassée de cuir, juste dans l'axe du tapis rouge qui s'allonge vers l'accès d'honneur sur un parquet collé, vitrifié à tenter la glissade. Assise à la table, qui en occupe le centre et dont les cinq pieds torses supportent un plateau bien ciré, avec la Bible dessus, la secrétaire sténographie. Le long des cloisons de bois verni, sur leurs chaises à haut dossier terminées par une file de colonnettes et venues d'on ne sait quel garde-meuble impérial, s'alignent de part et d'autre les conseillers : les hommes en veston, cravatés, chaussés de Richelieu bien nets ; les femmes en tailleur à jupe courte ; tous manipulant de la paperasse et les yeux sur le bilan de l'année qui explique l'optimisme des visages sous des cheveux fidèles à leurs raies. Walter, tout à fait chauve, est au bout de la rangée, près de Simon, vieil acolyte grison ; et l'administrateur, l'ordre du jour épuisé, se tourne vers lui pour la péroraison, pompeuse :

— Et maintenant, mes amis, au moment où je vais moi-même vous quitter, je voudrais rendre hommage à celui qui fut durant tant d'années l'animateur, le mainteneur de cette communauté et qui va prendre au milieu de vous, dans l'affection générale, un repos bien gagné...

Le conseil s'est levé : Walter demeure seul assis et ses mains ridées font trembler des feuillets. Piers Nicoll qui regardait droit devant lui comme il convient, sur le siège, au représentant de la Reine, tourne la tête d'un quart de tour ; il regarde, en battant de la paupière, Joss Twain, coincé entre Cecily Grower et Ralph Glad, jeunes élus du dernier Conseil de la colline, qui va disparaître. Joss, qui attendait ce signe, avance d'un pas, toussaille pour assurer sa voix, la place un peu haut :

— Tu peux prendre ta retraite, Walter, avec fierté. Nous voici redevenus aussi nombreux qu'en 1960. Avec des moyens triples. Tu n'as pourtant pas eu la barque par temps plat, ni pour un petit voyage. Mais tu nous as ramenés, tous dedans et vive toi ! si ça change depuis, comme il fallait, ce n'est que dans la façon de se servir du vent. Car c'est le même qui souffle. Quoi de plus Tristan, Walter, que le tout à tous, dans le souci de la part de chacun ? Quoi de plus conforme à notre vieil esprit que notre réforme, donnant priorité au communautaire, droit de vote à dix-huit ans, de gestion à vingt et un, dans un collège unique accessible aux deux sexes et, comme son président, élu pour trois ans ? Nous devenons la plus franche démocratie du monde...

Brusque changement de ton. Joss a remarqué les sourires :

— Je me laisse un peu aller... Excusez-moi. Nous sommes aussi la plus petite. Le goût de répondre aux vagues, comme nous disons de ceux qui en remettent, est en train de vous montrer que je suis bien d'ici. Carguons un peu. Dans les grands pays, les parlements décrètent qu'Untel a bien mérité de la patrie. Disons : merci, Walter ! Je propose que ces deux mots soient gravés aux fers rouges à marquer les veaux sur un morceau de bois flotté, ramassé par un enfant sur une plage et qui sera cloué, Walter, au mur de ta maison.

— Je mets aux voix, dit Simon.

Dix paumes montent en l'air.

— A l'unanimité ! fait l'administrateur.

Il est descendu de l'estrade et serre la main de Walter, très vite. Mieux vaut ne pas traîner. Avec ces hommes aux biceps durs comme des câbles, qui ont gardé intacte la faculté de s'émouvoir, la larme à l'œil menace, même si la mise en scène leur est connue d'avance.

— Venez prendre un verre chez le vieux ! crie Walter, qui a très bien compris et, ravalant son discours d'adieu, saisit sa canne. Je n'arrose pas ma retraite, mais la rentrée de Paul. Il arrive demain...

— Avec un journaliste, qui vient voir ce que nous sommes devenus, dit Simon. Ne vous vantez pas trop. Ils seraient fichus à Londres de relever la Poll Tax.

— Plaignez-vous ! dit Nicoll. Si l'impôt fait le civilisé, à 13 shillings par tête vous devez faire des envieux.

Mais la salle se vide. Walter qui siégea si longtemps sur la digue, en plein vent, sort, sans un regard pour cette pièce — la seule, sans doute, à servir tout ensemble de salon, d'étude, de tribunal civil, de chambre des députés. C'est dehors qu'ils discutent maintenant, en dialecte, les élus endimanchés, marchant vers la maison Beretti. Dans cinq minutes ils vont lever la tasse sur la toile cirée, dans la salle commune aux poutrelles bleues, aux murs lisses où court, au-dessus de l'étagère portant la pendulette, cette planche de bordé qui porte l'inscription *Mabel Clark* : dernier souvenir, là encore, du naufrage lointain qui permit d'édifier cette chaumière, où le dernier headman sera dans quelques mois, au fond d'un fauteuil las, une pièce de musée.

Dès l'arrivée, Hugh comme Paul et les autres rapatriés
— pourtant avertis par les lettres des leurs — avaient eu
lieu de s'étonner. Pas de coracle pour les prendre à bord,
mais un bon *picket boat* piloté par un uniforme qui, de
plus près, se révéla être celui d'un constable. A l'avant se
tenaient Joss et Ned, son beau-père, la casquette de
marine en travers du front.

— Vous avez de la police et une vedette rapide,
maintenant ! fit Hugh, à peine sauté.

— Un policier, oui ! précisa Ned. Nous l'avons même
fait entraîner à *Hendon College,* la maison mère des flics.
Ce n'est pas qu'il ait beaucoup de travail à terre : pas de
circulation, pas de voleurs, pas de prison. Mais la
langouste commence à tenter les pillards français ou
portugais, qui ont abandonné les eaux brésiliennes pour
venir braconner dans les nôtres. D'où le sergent et la
vedette, qui sert aussi aux accueils. Bienvenue à Tristan,
monsieur Folkes.

Paul se penchait déjà sur le moteur, parlait puissance,
vitesse. Thea, en mini-jupe, un mioche de chaque côté,
tâtait sa mise en plis. Un autre couple s'était assis plus à
l'avant, coinçant un bébé en pleurs qui se tortillait dans
un nid d'ange à fermeture Éclair. Sur la mer à peine
ridée, d'où montait le cône, net de tout anneau, le pilote
décrivit un vif demi-cercle, puis dans un triangle d'ondes
molles piqua droit vers les bouées, rouge à bâbord, noire
à tribord, chacune surmontée d'une sterne qui s'envola
sans hâte.

Tout était trop facile, trop contraire aux âpres légendes de l'île de La Désolation, apparemment habitée par des gens bien nourris, bien équipés, jargonnant à peine et passés sans effort du règne de l'huile de phoque à celui de la Standard Oil. Au-dessus de la pustule collée à son flanc, insignifiant témoin de son dernier accès, le volcan lui-même, vert de partout, sauf la calotte, se laissait ensoleiller sur toute la face nord où, rapetissés par la distance, moutons et vaches s'égaillaient sur les pentes.

— Ne vous y fiez pas! dit Joss. Nous ne savons toujours pas faire du temps sur mesure et la bourrasque, je peux vous la garantir pour après-demain.

Hugh l'entendit à peine. Ebahi, oubliant presque la présence du vieux monstre, massivement seul dans le double désert bleu, il notait cent détails. Les pylônes. La jetée du port. Les brise-lames maillés. Deux grues, dont une roulante. Des rangées de fûts métalliques. Des piles de caisses. Des files de barques, encadrant une sorte de chaland bossu...

— Cargo à roue, dit Ned. Nous avons eu des ennuis, parfois, avec les hélices de la vedette. Cet engin-là se fiche des algues. Il peut patrouiller au plus près et décharger en tous points de la côte.

A l'approche du môle quelques ondulations, gonflant une purée de laminaires soigneusement faucardées, soulevèrent tout de même la vedette qui les trancha de l'étrave avant de glisser, moteur coupé, sur son erre. Un groupe attendait sur le quai, dont Walter, la canne en l'air. Un peu plus loin, au bas du raidillon macadamisé montant vers le plateau, était garée la Landrover de l'administrateur. Ned, en guise de défenses, fit redescendre de vieux pneus le long de la coque, tandis que l'hélice repartant à l'envers brassait l'eau plate du bassin. D'un dernier coup d'œil Hugh put remarquer que la plupart des chaloupes, alentour, étaient en fibre de verre.

*

Technique partout : Hugh allait même s'en trouver assoté, regretter la sauvagerie toujours un peu incluse pour messieurs les touristes dans le prix du billet et polluée à son sens par trop de tôle et de béton. Qu'elle fût proche — à 2 milles du village — et même assez méchante pour interdire encore un raid à l'intérieur, sans pistes, peuplée d'un *wild cattle* qui encorne à plaisir, il pouvait l'ignorer. Renchérissant sur l'orgueil insulaire de montrer ce dont l'île était enfin capable et sûrement pas fâché que par la voie de la presse on sût au bon endroit la part qu'il y prenait, le staff s'empara de Hugh et, se le renvoyant d'un responsable à l'autre, pour édification, avec une intraitable modestie britannique, ne lui fit grâce de rien.

*

Réception à la maison commune, agrandie. Visite, il va de soi, au sein de toute une escorte.

— Remarquez, monsieur Folkes, l'éclairage fluorescent, dit Robert, flanqué de son apprenti et petit-neveu, Allan.

On inspecte le hall, les salles de réunion, les couloirs ripolinés, la buvette :

— Les alcools n'ont pas la primauté, dit le médecin.

On passe au cinéma :

— Deux projecteurs de seize, précise Allan. Spectacle hebdomadaire à 1 shilling la place pour les adultes et à 6 pence pour les moins de quinze ans. Nous passons de tout en essayant de freiner ce qui est malheureusement le moins coûteux : westerns et policiers.

— Car il faut bien avouer, précise Simon, que si notre public n'aime pas voir les Indiens tomber comme des mouches, il déteste moins le côté « mâle en action ».

On passe au dancing, dont les murs n'offrent aucune chaise à l'alignement des mères pour y faire tapisserie. Pas d'estrade, faute d'orchestre. Mais l'électrophone de grande taille jouxte une discothèque fournie

— Les vieilles danses disparaissent, dit Joss. L'année dernière, on a une seule fois lancé le coussin. Pour le folklore.

Au club des jeunes, tenu par eux, Joss ne saurait plus faire les honneurs. C'est Neil qui reçoit, parmi d'autres chevelus. Une queue cassée traîne sur le billard, des bouteilles de Coca-Cola sur le comptoir. Hugh étend la main vers les casiers remplis de rondelles, en vrac, qui alimentent un autre électrophone. Il y trouve de tout : vieux Philips ou récents Byg Records. Presque pas de classique. Un méli-mélo de jazz qui va d'Armstrong à Gillespie, de Powell à Coltrane, au hasard des dons qui ne sont pas sans mérite. Des pochettes plus fraîches signalent à l'attention un envoi de pop et de succès londoniens.

— Que préfères-tu, là-dedans ?

— Les *Monkeys,* répond Neil, sans hésiter.

*

Au trot maintenant vers la conserverie. Observez, monsieur Folkes, que la rue, si elle ne l'est point d'arbres, est plantée de lampadaires et qu'elle est goudronnée, comme la route qui la prolonge dans le désert d'herbe bossué de roches, au-delà des torrents, jusqu'aux champs de patates. L'agronome à votre gauche embraye, assure que les pommes de terre sont de très belle venue, leurs vers éliminés.

— Comme les rats, ajoute Baptist Twain.

— Enfin, presque ! rectifie honnêtement son fils, qu'un expert de la lutte antimurine a, paraît-il, durant trois mois, mis au courant des plus efficaces procédés de dératisation.

Cependant tandis que l'on marche vers l'usine, approchant du même coup de la station, le radio se félicite de ce que chacun désormais ait son poste. Il se vante de retransmettre, sur 90 mètres, deux mille heures de programme : B.B.C., Le Cap ou Voix de l'Amérique, sans compter, trois nuits par semaine, ses propres émissions, confiées à des volontaires de tout âge qui ont rénové la vieille palabre des veillées, sous forme de libres débats, très suivis :

— Apolitiques, d'ailleurs ! fait l'administrateur. Il n'y a pas de partis, à Tristan.

— Mais il y a des rapides et des lents, dit Joss. Qu'est-ce que la politique, sinon un choix, pour ou contre le mouvement ?

— Ce qui nous classe à part, je crois, c'est que depuis cent cinquante ans, du fait de la nécessité, l'opposition nous est devenue moins naturelle que l'entente, dit Simon.

Voici l'usine. Apparaît Mike Tranch, le directeur, qui a récupéré son poste et distribué des blouses aux femmes et aux filles, chargées de mettre en boîte les langoustes extirpées de leurs carapaces. Dans l'atelier, elles sont trois douzaines qui happent, fendent, décortiquent, lancent dans les paniers de déchets ces cuirasses éventrées qui ne protégeront plus, à 20 brasses de fond, l'étrange chevalier en marche sur huit pattes.

— Chacun pêche à son compte, seul ou en équipe, quand il veut, comme il veut. S'il préfère un jour s'occuper de son champ, de ses moutons, aller à la chasse ou ne rien faire, il est libre. Il sera payé en vertu de ce qu'il livre. Quant aux femmes, qui travaillent ici, à plein temps, à mi-temps, nous les faisons bénéficier d'horaires très souples.

Hugh branle la tête. Bien, très bien. Bravo pour cette petite réussite d'une île perdue, exploitant enfin sa chance de baigner dans des eaux propices aux crustacés ! Mais la raison de cet acharnement à l'obtenir, ici plutôt qu'ailleurs ? Qu'a-t-elle donc d'ineffable encore dans le progrès, la maintenance insulaire ? Voilà ce dont il voudrait qu'on lui parle...

*

Pas tout de suite. Pas encore. L'insistance sur le fait renforce l'argument. On repart vers l'école en construction qui doit remplacer la vétuste : cours, préau, quatre classes, salle de jeux, réfectoire, atelier pour l'enseignement technique des garçons, section ménagère pour les filles.

— Éducation rurale appropriée à nos besoins, dit Simon. Les élèves très doués, nous les expédions à nos frais au Cap.

On fera grâce, quand même, au visiteur, du futur hôpital qui en est au piquetage. Mais il verra le magasin, centre unique des achats. La bibliothèque riche de trois mille volumes. Le réservoir de sept mille gallons, qui alimente les robinets et de plus en plus de baignoires : en eau froide comme en eau chaude, toutes deux municipales. Il verra la batterie des citernes : essence et kérosène. Les hangars métalliques où s'alignent trois tracteurs, deux jeeps, deux camions, deux bulls, une pelleteuse, un compresseur, une bétonneuse et tout un matériel agricole, aussi collectif que le reste. Et quand Hugh reviendra, harassé, assister au lunch donné en son honneur, à la Résidence, ce sera pour entendre de tous côtés, au lieu de bonnes anecdotes sensibles à ses lecteurs, des éloges sur les trente-deux insulaires employés par l'administration comme infirmiers, clercs, charpentiers, instituteurs, plombiers ; des propos réjouis concernant la proche nomination d'un trésorier, la liaison par fil entre tous les services, la connexion prévue — par radio — avec le continent ; et, suprême pensée, le projet de route circulaire, ramenant à deux heures de voiture les journées nécessaires à un solide marcheur pour faire le tour de l'île.

*

Ainsi, durant deux jours. Heureusement, le troisième, en sortant de la chambre qu'il occupait — faute d'hôtel — au centre administratif, Hugh s'entendit dire :

— Maintenant, monsieur Folkes, je vous laisse aller à

la découverte. Vous devez être très déçu. Ce que nous vous avons montré se voit partout et n'a d'inattendu que sa présence sur ce roc. Mais entrez dans les maisons : vous vous apercevrez que la vie des insulaires n'a guère changé.

Hugh, libéré, courut chez Ned Glad. Se souvenant du pingouin en peluche de son enfance, il voulait absolument se faire conduire à la plus proche rookerie.

— Hé, dit Ned, avec un drôle d'air, tous les arrivants la réclament. Le révérend à peine débarqué voulait y emmener sa femme et ses filles. Je lui ai même dit : « Si les petites vous embarrassent et que vous ayez envie de revenir veuf, tentez votre chance ! » Enfin, à votre âge, on peut essayer. J'appelle Ralph.

Il siffla trois fois et son fils qui, par chance, n'était pas en mer, se présenta deux minutes plus tard avec Amy, sa jeune femme.

— Excusez l'état, dit Ned, réjoui, dans lequel Ralph a mis ma bru. Avec Ruth qui en a trois et Bill qui fait l'ouverture, je serai cinq fois grand-père pour la fête des Masques. Ralph, tu peux emmener monsieur Folkes à la rookerie de Foremost ?

— Moi, je veux bien, dit Ralph, hésitant. Il fait encore beau. Vous avez des bottes ?

Winnie courut chercher celles de Joss, parti relever du filet et Hugh se retrouva, une demi-heure plus tard, ravi, terrifié, déjà suant, dans les plus méchants passages qu'on puisse imaginer. *Ugly road,* comme l'appelait Ralph, ce n'était pas un « chemin difficile », compliqué d'ailleurs par le détour qu'imposait le nouveau cratère : c'était un abominable sentier de chèvres, tournant avec l'île, tantôt à flanc de falaise sur de vertigineux encorbellements, tantôt dans la rocaille visqueuse et constellée de fiente d'une frange basse flagellée d'embruns.

— Un spectacle, ça se paie ! cria Ralph, à la première chute.

Trois torrents enfoncés dans la roche dénudée, érodée, furent franchis de bloc en bloc, au-dessous de surplombs suintants d'où pendaient de longs filaments glaireux. Puis il fallut quitter la sente, s'engager à travers le tussock, un fouillis d'herbes rêches, pointues, noyant l'homme jusqu'aux yeux et par endroits l'enfouissant tout à fait au cœur de bouquets géants, moitié secs, moitié vivants. Cette broussaille agressive, harcelant le paysage de ses hallebardes, dégringolait la pente ; et de temps à autre, après s'être glissé à quatre pattes dans des trouées, des tunnels à hauteur du genou, Hugh se hissait sur la pointe des pieds pour apercevoir l'océan proche, signalé par sa rumeur et par une puissante odeur de guano frais. Enfin ils parvinrent à une table de lave nue, vrai belvédère, dominant à pic et par là même protégeant de toute incursion la rookerie installée sur un rebord de caillasse à l'abri des vagues.

— A cette époque-ci, dit Ralph, il n'y a guère que des vieux ou des jeunes de l'année. Le gros est en mer.

Hugh ne pouvait plus remuer, mais la scène valait bien quelques courbatures. Bien que diminuée, la colonie, agitée par les procès de préséance et de territoire qui font constamment voler de la plume, offrait quand même son demi-millier de manchots : adultes gras et las à démarche empesée, poussins de fin de saison en train de muer, tous braquant des yeux rouges et secouant ces aigrettes d'or qui valent à l'espèce le nom de *chrysocome.* D'incessantes rentrées pointillaient le flot et les lames, l'une après l'autre, poussaient sur les rochers plats de nouveaux manchots, gavés de fretin, qui arrivaient sur le ventre pour se redresser en frétillant de la queue. Au-dessus tournoyaient, gris et blancs, avec des cris pointus comme la plupart des becs, toutes sortes d'oiseaux : grands voiliers, plongeurs brefs, parasites les poursuivant pour leur voler le poisson, rapaces surveillant les malades, les blessés, les jeunes égarés. Baratté d'ailes, le ciel s'animait par instants de brusques rafales, qui rabattaient les vols au ras de l'eau, puis les laissaient repartir pour de grands tournoiements, des caprices collectifs qui vidaient l'air d'un coup, renvoyant aux trous, aux saillies des abrupts farcis de nids inaccessibles, une palpitation précipitée. L'impression de violer une sorte de temple hypèthre, voué à l'absence humaine, ravissait Hugh qui regrettait presque d'entendre des teuf-teuf assourdis et de voir deux ou trois barques remonter hâtivement les courants sinuant vers Nightingale, masse noire à l'horizon, d'où montait une armée de nuages roux.

— Ne nous attardons pas, dit Ralph. Le grain s'approche.

*

Rentré fourbu, tandis que se vissait autour du pic un couvercle de plomb et que commençaient à tomber les premières gouttes d'un orage bientôt poussé par la tempête à 45 % contre les murs, Hugh eut tout un jeudi et tout un vendredi le privilège de voir en plein été austral la nuée, la terre, la mer, âprement confondues et la jeune technique, aussi humiliée, aussi contrainte à se tourner les pouces que la vieille expérience. Le bruit de fond du ressac, toujours sensible, aussi constant que celui des voitures pour un citadin, était devenu un fracas continu, obligeant à hausser la voix ; et la côte, sur quoi donne toujours quelque fenêtre, une courbe verdâtre assaillie de bonds blancs. La météo parlait de force 12. L'œil froncé, le radio observait ses pylônes. Les plaques d'amiante d'un toit de bergerie, mal cloutées, s'envolèrent, planèrent sur cent mètres, tandis que sous les chaumes, pour arrêter les fuites au ras des faux greniers, se glissaient maintes bassines. Les résidents en instance de relève se demandaient, mélancoliques, si à ce train-là, dans une semaine, le bateau de rapatriement n'éluderait pas le détour.

— Ça n'arrive plus ! répétait l'officier de santé, en train de perdre un surcontre.

Le samedi, l'ouragan voulut bien redescendre à la simple tempête et, le soir, Hugh se frotta les yeux en voyant s'arrêter devant la Résidence une Volkswagen dûment immatriculée CA 75.868, dont s'éjectaient en vitesse Joss et Ulric, enveloppés de longs cirés.

— Les amis sont plutôt libres et ils aimeraient en profiter pour discuter avec vous, dit Ulric.

— Ne louchez pas sur la bagnole ! dit Joss. Nous n'avons qu'un bout de route. Mais quand il fait ce temps-là elle est utile pour transporter un malade... ou un journaliste qui craindrait l'eau.

*

Hugh se retrouva dans un bungalow en parpaings, pas encore crépis, doublés à l'intérieur de panneaux hydrofuges, sur quoi se détachaient des meubles cent fois vus : l'ensemble huit pièces, démontable, des réclames, augmenté pour l'occasion de chaises disparates glanées chez les voisins. Jasmin, ex-Ragan, sœur d'Ulric, mariée depuis deux ans à Eddy Lazaretto, en faisait les honneurs et versait le lait au thé dans des tasses de porcelaine japonaise, propagées par le magasin et posées sans soucoupe sur l'inévitable toile cirée à carreaux. Les hôtes, les convoyeurs, les vieux — Ned, Baptist et Simon —, les jeunes — Ralph, Paul, Matthew, Bill, Ruth et Blanch — ça faisait assez de monde pour qu'il en restât debout. Chacun fut soigneusement nommé et défini, ès qualités. Ce cachottier de Paul, il était revenu, pardi ! comme instructeur à la section technique. Matthew n'avait pas pour rien travaillé près de Calshot dans la charpente en fer. Moins attendue était la promotion de Bill, auxiliaire — comme Arthur — de la radio locale. Beaucoup d'amateurisme, sûrement, mais enthousiaste et modernisant la tradition toutes-mains de l'insulaire qui ne peut compter que sur soi. Des sandwiches circulèrent : au jambon en boîte, américain. Dans les propos, décemment précurseurs, Hugh apprit qu'il y avait eu un satellite dans l'affaire : triangulé à partir de Tristan, l'an passé. Une vraie manne de conserves, en paiement ! Et un espoir dans l'air ou, plutôt, très au-dessus de l'air, quand un autre, russe ou yankee, mais en tout cas porteur d'images, offrirait à Tristan l'impossible télé !

— Bon ! dit Joss, on commence.

— Va, dit Simon, je te relayerai.

— Monsieur Folkes, fit aussitôt Joss, puis-je vous demander de vous asseoir entre mon oncle et moi ? Oui, là, sous le lampadaire. Les autres feront cercle. Nous voulons vous exposer le « système ». Ce n'est pas qu'on se prenne trop au sérieux...

Il s'efforçait de sourire. Il avait grande envie d'être sérieux, au contraire, mais peur de l'afficher.

— Vous avez bien fait d'aller voir la rookerie. Vous savez, nous avons toujours un peu vécu *sous le droit du pingouin*. La légende veut que son nid soit sa propriété, qui passe au petit, tant qu'il l'occupe. La maison, le champ pour nous, sont dans le même cas et ça se comprend : un cottage se construit avec l'aide de chacun, à charge de revanche ; et le lopin d'un malade ou d'un vieux, nous le lui cultivons. Si on a ses outils, ses troupeaux, sa chaloupe, c'est tout à la famille ou en parts d'associés...

— Si je comprends bien, coupa Hugh, vous voulez me dire que vos coutumes allaient déjà dans le sens de ce que vous appelez le « système ».

— C'est ça, dit Simon. Aucun texte, à vrai dire, ne le définit. Mais tout se passe comme si l'île était une coopérative, usufruitière de 95 % du territoire, des îles voisines, des eaux territoriales et de tout ce qui, sur terre ou sur mer, est d'usage public. Autogérée, diriez-vous, puisque le conseil en fait est à la fois une assemblée municipale, un parlement, un syndicat et un comité de gestion.

— Le cas est vraiment trop particulier pour servir d'exemple ! dit Hugh.

— Qui parle d'exemple ? dit Simon. Nous ne doutons pas qu'on puisse faire mieux. Nous n'avons eu, je crois, qu'un peu de bon sens pour concilier deux impératifs : le premier, très ancien, qui nous interdisait de souscrire à votre type de vie ; le second, tout récent, qui nous obligeait à combler notre retard. Le problème d'équipement, banal au fond et presque résolu, ne fait que rendre plus aigu le problème d'équilibre, sur quoi nous insistons.

— Minute ! fit Hugh. Si l'Angleterre n'avait pas fait du sentiment, si la langouste ne se vendait pas en bonnes devises, si vous n'étiez pas bien placé au milieu de la grande baille pour offrir votre météo ou votre radio, si la vente de timbres et le tampon de complaisance pour philatélistes ne fournissaient pas à Sainte Albion de quoi entretenir son staff, croyez-vous que vous en seriez là ?

— Hé ? dit Simon, rien n'est pur, même ce qui permet à certains de le rester.

— Ne nous reprochez pas les petits avantages qui atténuent les difficultés de notre isolement ! grogna Ned, dans son coin.

— Je suis journaliste, dit Hugh. Je ne vous reproche rien. Je constate. La cavalerie de Saint Georges s'exprime en chevaux-vapeur, aujourd'hui et je la vois bien galoper jusqu'ici, avec le diable en croupe qui va vous dire : et maintenant, consommez, mes enfants !

— Celui-là, je lui fous mon pied au cul ! dit Baptist fortement.

— Le diable, c'est le superflu, d'accord ! dit Simon. Mais vous ne voyez pas que nous vivons justement dans la religion du nécessaire ?

— Pour l'instant ! dit Hugh, pas fâché d'exciter son monde. Mais plus tard ? Qu'est-ce que le nécessaire, sinon le superflu d'hier ?

— Ça non ! dit Joss. Quand l'ampoule succède à la lampe à huile, le tracteur au bœuf, il s'agit d'un nouveau nécessaire, qui surclasse l'ancien, hors d'époque. Mais le vison, le diamant, le caviar seront toujours superflus.

— Et puis il y a le superflu provisoire, dit Simon. Je veux dire : ce nécessaire qui ne peut pas être accordé à tous et dont nul ne saurait jouir seul, sans privilège, donc sans injustice.

— Mais vous hissez le drapeau rouge ! dit Hugh.

— Ici, fit doucement Simon, c'est le pavillon d'*interdiction d'entrer*.

— Le seul avantage que nous ayons sur vous, dit Joss, c'est d'avoir si longtemps crevé de faim ensemble, que pour jouir d'un supplément, s'il l'ose, un Tristan se cache.

— Bref, reprit Simon, revenons au système. Nous vendons nos langoustes à une société liée à nous par un contrat et qui, tant mieux pour elle, fait des bénéfices. Mais nous, qui n'en faisons pas, nous achetons au prix de gros et revendons de même, au magasin, les vivres, les vêtements, les produits qu'à la majorité nous avons décidé d'acquérir. Tout bête ! Ça fonctionne comme un filtre.

— Et la liberté ? s'exclama Hugh. Si je veux me payer une fantaisie...

— Vous pouvez, dit Baptist. Mais sur commande privée, forcément. Avec le prix de détail et les frais de port qui, à 2 000 milles de la plus proche boutique, ne sont pas minces.

— Vous êtes désarmants ! dit Hugh, souffle coupé.

C'est tout ce qu'il avait trouvé. Écrasé de sourires, il promenait son regard bleu sur des visages ronds, impassibles, de confrérie satisfaite.

— Dites plutôt que nous n'avons pas voulu rester désarmés, reprit Simon. Mais je reviens à ce que vous demandiez : *plus tard* ? Et je réponds : l'isolement même nous protège du luxe en le rendant hors de prix. Notre mentalité aussi : être nourris, vêtus, instruits, équipés, embauchés à chance égale nous semble suffisant. Voudrions-nous mieux, en produisant plus, que nous ne le pourrions pas. La langouste n'est pas inépuisable et a déjà tendance à diminuer de taille. Nous devons ménager ; et, entre nous, vous feriez bien d'imiter cette prudence. Trop est trop. Ça fait mal, soudain, quand ça manque ; alors que du surplus chacun profite peu. Qui jouit vraiment de la vie, monsieur Folkes ? Ni le gavé, ni le privé. On ne jouit que par contraste, donc à l'économie. C'est fou ce que vous pouvez avoir le goût de l'excessif. Et de l'inutile, donc ! Le tire-bouchon à gaz, tenez, le toubib en a un, qui ne marche plus d'ailleurs, faute de recharge. Où il voit de l'amusette, je vois de la démission. Je trouve ça offensant pour la main.

— Mais tentant pour l'esprit, dit Hugh. C'est *autre chose*. Un surpassement du geste. Vous me comprenez ? Vous ne craignez pas de manquer d'ambition ?

— Je crois plutôt que nous n'avons pas la même, dit Simon. Vous aimez le progrès pour ce qu'il vous apporte d'insolite, de particulier et chacun, excité, essaie de rattraper l'autre. Nous, nous sommes comme le banc de poissons qui monte avec la mer. Le vieil instituteur que je suis n'a jamais eu de mal à enseigner ici l'importance du pluriel. Rien d'autre n'y compte vraiment. L'argent reste une simple unité de mesure. La mode n'a pas de sens : ce provisoire nous arrive périmé. Il n'y a pas de patrons : le résultat de l'effort est à longueur de bras et c'est le même pour tous...

— Au fond, dit Hugh, vous refusez la réussite personnelle.

Ce fut au tour de Simon de regarder les siens :

— Quel sens pourrait-elle avoir, dans une île ? dit Joss.

— Et quel débouché, sauf la défection ? dit Paul.

— Dans le genre, reprit Simon, n'a sévi à Tristan que la folie du roi Jonathan, le corsaire, remplacé par notre discret fondateur. Et pourtant notre histoire, modeste, je vous l'accorde, ne me paraît pas banale.

Sa voix changea pour se charger d'humour :

— Bienheureux qui croit l'être, je vous l'accorde aussi ! Mais le croire, tous ensemble, cela tient du miracle. Essayez donc !

*

Petit silence : Jasmin en profita pour repasser une assiette. Puis Bill se leva pour aller se pencher sur une boîte, au fond de la pièce :

— Voilà une bonne fin, dit-il. Je coupe. J'en ai déjà

trop. Ça sera diffusé demain soir après le bulletin. Je vous donnerai la bande ensuite, monsieur Folkes, pour votre reportage.

— Vous m'avez eu ! dit Hugh, apercevant enfin le micro dans le lampadaire.

rougir. C'est bien de toute chose «où apparaît... la vie» qu'il... se remplit la bouche à mesure, pour mieux avaler et pour voir la reponse.

— Vous disiez, fit... dit... Hugh, qui s'obstinait selon sa méfiance de la temporisée.

Avec la même soudaineté le ciel s'était découvert. La météo, d'accord avec les anciens, prévoyait une bonne semaine.

Hugh arrondissait l'œil, sans trêve, ravi de rencontrer une des dernières basternes cahotée au coin d'un champ par deux bœufs tirant une charge de fumier, tandis qu'un peu plus loin un gros tracteur orange, dont fumait le pot d'échappement, charriait une tonne de pierre. Les pommes de terre en fleur, les courges naissantes d'un jaune encore verdâtre, les oignons et les choux s'offraient aux binettes des sarcleuses. Des ânes gris, à poil fourni et raie noire sur le dos, parfois bâtés pour un fagot, il y en avait encore ; et sur les vieux chaumes des sortes de joubarbes à longues fleurs ; et dans les maisons ainsi coiffées, des cardeuses de laine, des fileuses attardées sur des rouets, L'obus-gong, peint en rouge, n'avait pas bougé de place ; ni les femmes ni les vieux, habitués aux bons coins d'où se lance la plombée, attachée à un fil qui se tient dans la main et dont le frémissement doit vous dire si le *cinq-doigts* vient de s'accrocher au bout, pour votre déjeuner. Le dimanche il y avait eu, à St Mary's Church, l'assistance ordinaire : quatre-vingts fidèles environ dont la moitié d'enfants, rassemblés en chorale. Et le lundi matin les femmes étaient descendues, quelques-unes en pétrolette, vers la conserverie ; les bateaux à moteur étaient partis, tirant chacun une file de barques, une par pêcheur, pour aller jeter leurs filets à pâtée, du genre balance, en certains fonds et revenir une heure avant le crépuscule transvaser leurs prises dans la glace des caissons, vivement hissés par la grue Priestman... Hugh restait perplexe. Sur ses huit milles carrés en bordure de volcan, ce Lilliput, si vite parcouru, si lent à pénétrer que les révérends de jadis après trois ans de présence l'avaient souvent quitté en haussant les épaules, qu'était-ce au juste ? Un espoir ? Une dérision ? Un modèle réduit ? Ou seulement un effet du hasard, un stage dans l'impossible, condamné à plus ou moins long terme, comme celui des Vikings du Vinland ou des inconnus enterrés sous le mystère africain des murs de Zimbabwé ?

Le médecin semblait être de cet avis. Plein d'amitié pour ses clients, s'avouant plus touché qu'agacé par leur gentillesse scoute, leur mélange d'en arrière et d'en avant, il devenait médicalement formel :

— Ces gens sont des sous-développés, chez qui l'introduction du sucre et des conserves produit le même effet que chez les Esquimaux. Ouvrez la bouche d'un Tristan et regardez ses dents : elles sont fausses ou pourries. Londres leur a expédié un odontologue et un diététicien, alléchés par l'occasion, très rare, de tenter un traitement de groupe. Au nom de la science qu'elle veut ainsi remercier, l'île va se mettre au régime, rationner les glucides, tester certains médicaments. Ce que ça donnera, personne n'en sait rien. Mais il y a plus grave : un eugéniste a calculé que 10 % de sang frais deviendraient nécessaires à chaque génération. Or il n'y a pas d'immigrants : le volcan effraie. Et il n'y a plus de naufragés pour introduire un peu d'exogamie. Concluez. Si on ne fait pour les hommes ce qu'on a dû faire pour le bétail, je ne donne pas, dans cinquante ans, cher de la race...

*

De ce pessimisme, ce mardi, que peut-il rester, face à la fête ? Simon, interrogé, vient de répondre : *Bah ! Nous avons toujours exploité nos malheurs. Le désastre de 1961 est devenu bénéfique. Pour éviter la menace dont parle le docteur, vous verrez qu'un jour le Sud sera colonisé. Peut-être même les îles.* Ils partent justement, les garçons, pour Nightingale, comme ils le font depuis toujours : en septembre pour les œufs, en janvier pour le guano et les poussins, en mars pour l'huile — à tirer des oiseaux gras, avant l'hivernage et l'envol vers le nord.

Le drapeau, qui vaut une manche à air, flotte dans le bon sens, soutenu par un petit temps qui donne du clapotis au bord et rafraîchit la mer parcourue de risées. Le gong sonne sans arrêt. Tout le village, une fois de plus, est sur la digue, chaque famille encourageant les siens. Nul n'a d'yeux pour les bateaux à moteur, remisés, qui ne seront point de l'expédition, jadis alimentaire et désormais pur prétexte à la joute. Ce sont six grandes chaloupes — vieille fierté, emblèmes, œuvres d'art des Tristans —, ce sont six coracles de toile, haut mâtés, qui se balancent, repeints de frais, y compris la bande rouge et dont, tombant du quai, les talons lourds font sonner le caillebotis. Très observé, Paul est déjà sur l'*Elizabeth*, inspectant tout. Son bonnet à rayures, tricoté par Thea, il l'étrenne ; son tour de poitrine gonfle un pull à manches courtes. Homer Ragan, ses fils, son gendre Tony sur la *Flora II* n'attendent plus qu'un équipier. Ned Glad, Ralph et Bill, plus quatre jeunes dont Neil, commencent à décoller et les avirons dressés donnent à leur *Paula* cette allure de crabe à l'envers remuant les pattes qu'ont toutes les chaloupes avant la cadence. Joss arrive suivi de son père et du cousin Samuel, l'exilé revenu, presque sexagénaire. Matthew, qui l'attendait, lui glisse à l'oreille :

— Samuel n'a plus de bras.

— Et après ? dit Joss, à mi-voix. On t'a mis au banc de nage lorsque tu ne savais rien. Refuser un homme, c'est lui dire qu'il est mort. Et puis quoi, ce n'est pas un championnat.

Il se retourne, il lance :

— L'oncle, qu'est-ce que tu penses du vent ?

— Trop à l'ouest, dit Samuel. Il va tomber sous l'île. Même en s'écartant bien, il faudra souquer.

Mais Joss aperçoit Hugh, près de Simon. Il s'approche, la main ouverte, offrant ses cals :

— Je regrette d'avoir à vous dire adieu, monsieur Folkes. Quand nous rentrerons, d'ici quinze jours, vous serez reparti. J'aurais dû vous expliquer, l'autre soir...

— Ne me faites pas un dessin, dit Hugh. Je vois ! Si c'en est un, voilà votre superflu.

— Merci pour la définition !

Joss saute. Hugh desserre sa cravate pour se sentir un peu moins étranglé par l'amitié que nous inspire parfois un beau vivant que nous ne reverrons plus. Une à une les chaloupes sortent du port, pour s'attendre au-delà des bouées.

— La vedette ne les accompagne pas ? demande Hugh.

— Évidemment non ! dit Simon.

— Ils ont au moins une radio, en cas de pépin ?

— Ça, fait une voix proche, je n'ai jamais pu l'obtenir. Ils savent pourtant depuis 1885 ce qu'une imprudence de ce genre peut leur coûter.

Hugh reconnaît le postier.

— Mais qu'est-ce que vous croyez ? s'écrie Simon. Régates, balade aux îles, vieux rite et même vacances, il y a de ça. Mais avant tout, c'est leur part d'aventure : ils ne vont pas la truquer... La sécurité, vous n'avez que ce mot à la bouche. Est-ce qu'un homme peut se croire un homme en se sentant protégé de tout ? J'ai vu passer un navigateur solitaire qui disait : « Je m'expose pour me délivrer de la sécurité. Sans risque, il n'y a pas de caractère : c'est lui, ma protection. »

Goguenard, inspiré, un doigt dans l'oreille, l'œil sur les chaloupes, dont la dernière passe le môle, Simon s'écoute autant qu'il parle :

— Je suis content que vous ayez vu cela aussi, Hugh. Nous n'avons guère de problèmes avec nos jeunes. Ils prennent des responsabilités en même temps que des muscles ; ce qui rend le passage d'un âge à l'autre insensible. Ils ont la chance de tout rénover ; et celle encore qu'avec leurs droits nous sachions défendre les nôtres. Mais il reste important que, pour s'opposer, ils aient d'abord le climat, la mer, la roche, les taureaux. Assez de violence, quoi ! pour user la leur et estimer ceux qui s'y sont employés avant eux.

Hugh n'a pu cacher un sourire.

— Je plaide, hein ! reprend Simon. Je vous semble un peu ridicule.

— Ridicule n'est pas le mot, dit Hugh. Mais l'exception ressemble toujours à une charge. Il ne suffit pas qu'une société croie en elle ; il faut qu'elle soit assez nombreuse pour que ça fasse sérieux.

— C'est juste, dit Simon. Mais toutes les sociétés, en fin de compte, sont des îles et nulle ne convainc l'autre de vivre comme elle.

Toutes voiles dehors, maintenant, des blanches, des bleues, dont certaines en dacron, la flottille se laisse porter à l'est. Elle ne pourrait toutefois, sans se rallonger, pousser trop loin. Elle vire et, comme prévu, après le coup de barre qui l'a couchée, la toile en remontant faseye. Les avirons se relèvent et travaillent le courant, plus lisse, qui porte au sud. La foule qui descend le long de la côte pour suivre à vue le plus longtemps possible la cinquantaine des siens — sa force et son avenir — gratuitement exposés, entraîne avec elle un groupe armé de jumelles : le révérend, le médecin, l'administrateur, auxquels vient de s'agréger Walter.

— C'est le prix, dit Simon. Ils vont peiner quatre milles jusqu'à la pointe Stony avant de se remettre au vent.

— Pour arriver trempés, dit le postier, coucher par terre, manger froid, perdre deux semaines de travail et ramener du guano et quelques gallons de graisse qui ne vaudront ni l'engrais ni le saindoux du magasin.

— Je ne vais pas me répéter ! soupire Simon.

Et pourtant il se relance :

— Deux millions de puffins en l'air : quand on approche, l'île a l'air de fumer ! A la saison des œufs on dirait qu'ils ont plu. Les phoques pullulent. Il y a tant d'albatros qu'ils doivent attendre leur tour pour grimper sur les rochers, tout griffés, qui servent de piste d'envol. Rien autour que de la mer et la mer...

— Rien qui change ! murmure Hugh.

— Peut-être, soupire Simon.

Il est trop vieux. Il n'ira jamais plus, Simon, vers ce Chanaan de vie sauvage ; où sous la moindre pierre se découvrent des crevettes grosses comme le pouce ; où le bambou de mer dévore les grèves signées par des billions d'empreintes, où la surnatalité des airs et des eaux froides maintient le visage d'un monde que l'homme ailleurs anéantit en le surpeuplant de lui. Il n'ira plus. Mais il sait l'avantage que gardent encore les siens sur les migrants désespérés que les mois d'août massacrent sur les routes et qui s'acharnent sur les pédales, dans l'espoir insensé de retrouver quelque part des lambeaux de nature à souiller de papiers gras.

— Ils y seront dans quatre heures, murmure-t-il en marchant.

Les voilà tous au bout de la coulée, là où elle remonte, bulleuse et tourmentée, vers le flanc du cratère. Quelques enfants, que rappellent des mères, grimpent dans les scories où l'herbe se faufile. Les chaloupes ne sont plus que des oiseaux lointains, dandinés sur la houle.

— Étrange histoire ! dit Hugh. Vous vous êtes retirés hors du monde, mais dépendant de lui, pour ce que vous en recevez. Vous vivez dans l'air pur, le calme, la liberté, à condition que d'autres, qui fabriquent vos moteurs, s'enfument dans leurs usines. Toute légende a ses limites et la vôtre a reçu un coup de pouce. Mais en gros, c'est un conte philosophique ; et qui a l'avantage d'être vrai.

— Comme vous y allez ! dit Simon. Pour nous, c'est un petit quotidien.

Il souffle. Hugh lui prend le bras, redescend avec lui vers les maisons, où s'enfournent des groupes de jupes, assaillies de marmaille. Hugh s'interroge. Plus que deux jours. Prendra-t-il une Landrover pour explorer le fond de la plaine ? Essaiera-t-il plutôt de grimper seul sur la Base avant d'aller dîner chez e médecin ? C'est Ned qui

lui a dit : *Notre meilleure carte postale, elle vaut une heure
de marche en haut de Big-Hump.* Voici le bungalow du
vieil instituteur, qui vit en solitaire depuis que sa mère est
morte. Hugh se décroche et se retourne, pour pointer le
menton vers le tumulus noir aux abords lavés de jaune qui
se rapetisse derrière lui.

— Et s'il recommençait ? dit-il.

— Quatre-vingt-dix acres de plus, c'est tout ce qu'il a
pu faire ! dit Simon, évitant la question.

Par politesse, sans doute. Il s'en repent très vite, secoue
la tête et soudain crie :

— Et la bombe atomique, elle ne vous effraie pas ?
Du volcan, nous, au moins, nous ne sommes pas responsables.

Table

Du même auteur

AUX ÉDITIONS DU SEUIL

Au nom du fils, *roman, 1960*

Chapeau bas, *nouvelles, 1963*

Le Matrimoine, *roman, 1967*
nouvelle édition, 1991

Jours, *poèmes, 1971*

Madame Ex, *roman, 1975*

Traits, *poèmes, 1976*

Un feu dévore un autre feu, *roman, 1978*

L'Église verte, *roman, 1981*

L'École des pères, *roman, 1991*

Le Matrimoine et l'École des pères,
un seul volume relié, 1991

AUX ÉDITIONS GRASSET

Vipère au poing, *roman, 1948*

La Tête contre les murs, *roman, 1949*

La Mort du petit cheval, *roman, 1950*

Le Bureau des mariages, *nouvelles, 1951*

Lève-toi et marche, *roman, 1952*

L'Huile sur le feu, *roman, 1954*

Qui j'ose aimer, *roman, 1956*

La Fin des asiles, *essai, 1959*

Plumons l'oiseau, *essai, 1966*

Cri de la chouette, *roman, 1972*

Ce que je crois, *essai, 1977*

Abécédaire, *essai, 1984*

Le Démon de minuit, *roman, 1988*

AUX ÉDITIONS CARRÉ D'ART

Torchères, *poèmes,1991*

IMP. BUSSIÈRE À SAINT-AMAND (9-91)
D.L. 2ᵉ TRIM. 1980. Nᵒ 5507-6 (2587)

Collection Points

SÉRIE ROMAN

DERNIERS TITRES PARUS